Anders Jacobsson / Sören Olsson

Berts beste Katastrophen

Deutsch von Birgitta Kicherer
und Anna-Liese Kornitzky

Rowohlt Taschenbuch Verlag

2. Auflage August 2000

Veröffentlicht im Rowohlt Taschenbuch Verlag GmbH,
Reinbek bei Hamburg, Juni 2000
Lizenzausgabe mit Genehmigung des Verlags Friedrich Oetinger, Hamburg
Copyright © 1990/1992/1993/1994/1995/1996 Verlag Friedrich Oetinger,
Hamburg
Die Originalausgaben erschienen bei Rabén & Sjögren Bokförlag, Stockholm
Copyright © 1987/1990/1991/1992 by Anders Jacobsson und Sören Olsson
Umschlagillustration Sonja Härdin
Umschlaggestaltung Barbara Hanke
Rotfuchs-Comic Jan P. Schniebel
Copyright © 2000 by Rowohlt Taschenbuch Verlag GmbH,
Reinbek bei Hamburg
Alle Rechte an dieser Ausgabe vorbehalten
Satz Stempel Garamond PostScript, PageOne
Gesamtherstellung Clausen & Bosse, Leck
Printed in Germany
ISBN 3 499 21126 2

Die Schreibweise entspricht den Regeln
der neuen Rechtschreibung.

14. Januar

Tagebuch schreiben ist für Jungs verboten. Das machen nur Mädchen. Die haben rosa Tagebücher mit einem roten Herz drauf. Mein Tagebuch ist blau. Für alle Fälle habe ich noch einen schwarzen grässlichen Totenkopf auf den Umschlag gemalt.

Zuerst wollte ich statt einem Herz ein Gehirn malen. Aber es sah aus wie sechs Bratwürste, die übereinander liegen. Darum musste es ein Totenkopf werden.

Mein Name ist geheim. Ich habe den hässlichsten Namen der Welt. Er fängt mit einem B an und endet auf T. So wie der halbe Name von einem gewissen Onkel in Entenhausen. Wer will schon wie eine Ente hinten heißen. Darum schreibe ich meinen Namen in meiner Geheimsprache. Dann wird es TREB.

Im Tagebuch schreibe ich immer Treb und nie meinen richtigen Namen. Warum darf man nicht selber bestimmen, wie man heißen will? Dann würde ich niemals Treb heißen, sondern John oder Jeff oder ich hätte einen anderen Kauboynamen. Corak wäre auch nicht schlecht. Oder Mr. Walker, Mr. Treb Walker.

Unsere Lehrerin (wir nennen sie die Pute, aber eigentlich heißt sie Puttin) sagt immer, wir sollen Bücher lesen. Dann werden wir intelligent, sagt sie. In unserer Klasse ist

Johanna die Intelligenteste. Sie hat garantiert schon 9227
Bücher gelesen.
Diese Bücher habe ich gelesen:

Phantomheft Nr. 2,
Karlsson vom Dach,
Kauboy-Kurt.

Kauboy-Kurt zählt vielleicht nicht. Das habe ich selber geschrieben. Die Pute behauptet, Kauboy heißt Kuh-Boy. Sie sieht wohl keine Western. Sonst wüsste sie, dass Kauboys nicht auf Kühen reiten. Sie heißen Kauboys, weil sie immer Kaugummi kauen, ist doch klar.
Ich habe noch nicht verraten, wie alt ich bin. Das ist auch halb geheim. Jedenfalls bin ich nicht dreiundfünfzig oder achtundsiebzig. Ich bin zwanzig Jahre, fast. Dann zieht man die Hälfte von zwanzig ab und zählt eins dazu. Dann weißt du es, Tagebuch.
In der Schule hat das zweite Halbjahr angefangen. Unsere Klasse ist die zweitgrößte. Wir können ganz schön frech sein. Wenn die aus der Sechsten nicht auf dem Schulhof sind.
Wir sind fünfzehn Stück in der Klasse. Ich bin der Dritte, dem Alter nach. Also nach Pia und Klumpen. Klumpen wird nächste Woche zwölf. Dann will er heimlich priemen. Klumpen heißt eigentlich Klas, aber es ist verboten, ihn so zu nennen. Sonst kriegt man garantiert eine gescheuert. Klumpen ist der wichtigste Typ in der Klasse. Er ist am stärksten, beinah am ältesten, hat schon geraucht, ist am beliebtesten bei den Mädchen und sein Alter hat ein tolles Superauto.

Mein Papa hat einen Opel, der hupt, wenn er links abbiegt.
Er heißt Frederik. Also nicht der Opel, sondern mein Papa.
Er arbeitet in einem Brillengeschäft. Da verkauft er Brillen
für Brillenschlangen.

In meiner Klasse sind acht Mädchen und sieben Jungen.
Das ist ungerecht. Wenn wir über irgendwas abstimmen,
gewinnen immer die Mädchen. Klumpen sagt, er müsste eigentlich zwei Stimmen haben, weil er der Stärkste und beinah der Älteste ist.

In der Klasse haben wir nur blöde Mädchen. Die haben alle
die Pferdepest und riechen nach Pferdemist. Das Einzige,
worüber sie reden, sind Pferde und wie oft sie King gestrie-
gelt haben. King ist ihr Lieblingspferd.

Wir Jungs haben uns ein Lied ausgedacht. Es geht so:

> King ist ein ganz lahmes Vieh
> hottehüt, hottehü
> hoppelt nur und rennt nie
> hottehü, hottehü
> wird bald Gulasch sein, hihi!

Lisa kriegt schon Brüste. Einfach irre. Es sieht komisch aus.
Wie zwei Apfelsinen unter dem Pulli. Oder eher Clementi-
nen. Klumpen sagt immer:

«Lisi Misi. Wer hat dir denn zwei Kegel in den Rücken ge-
hauen, die da vorne rausgucken?»

Dann wird Lisa wütend und petzt bei der Pute.

Und Klumpen türmt. Er versteckt sich im Wald, so etwa
fünfundzwanzig Minuten lang. Und von da schmeißt er
Steine auf Autos.

Jetzt nehme ich einen Rotstift. Denn jetzt schreibe ich über etwas, das extra streng geheim ist.

Nämlich über REBECKA!

Rebecka ist der schönste Name, den es gibt. Voriges Jahr fand ich das noch nicht. Aber jetzt. Rebecka heißt ein Mädchen. Sie geht in die 5 B. Sie ist bestimmt die Niedlichste, die ich je gesehen hab. Anki mitgerechnet, die über uns wohnt. Rebecka riecht nicht nach Pferdemist, sondern irgendwie echt gut. Wie eine Blume oder wie das Zeug, das Mama sich unter die Arme spritzt, oder wie Zuckerwatte. Rebecka hat keine Ahung davon, wie ich sie finde. Ich würde mich nie trauen, ihr das zu sagen.

Ich hab schon dreimal mit ihr geredet.

Das erste Mal habe ich sie gefragt, wie spät es ist.

Das wusste sie nicht.

Das zweite Mal hat sie mich gefragt, wie spät es ist.

Ich wusste es!

«Viertel vor zwölf», antwortete ich lässig.

«Danke», sagte sie. «Nett von dir.»

Nett! Sie fand mich also nett. Ich hatte den ganzen Tag so ein schönes kribbeliges Gefühl im Bauch.

An das dritte Mal möchte ich gar nicht denken. Es war auf dem Schulhof. Rebecka fragte, ob sie beim Tischtennis mitmachen darf. Ich wollte JA! antworten.

«J…» Da brüllte Klumpen: «NEI-EIN!!!»

Da blieb mir nichts anderes übrig, als auch NEI-EIN zu schreien. Weil die Jungs doch nichts merken dürfen.

Rebecka war unheimlich traurig. Es gab mir echt einen Stich ins Herz oder irgendwohin. Ich wollte Rebecka doch nicht traurig machen, nie im Leben. Ich wusste nicht, was ich jetzt tun sollte. Ich konnte ja nicht zu ihr gehen und sie um Entschuldigung bitten. Dann hätten es ja alle spitzgekriegt.

Warum hat sie überhaupt gefragt? Blöde Zicke! War doch wirklich nicht nötig.

Womöglich hasste sie mich jetzt. Dann ist Klumpen schuld dran. Aber ihn hasst kein einziges Mädchen. Wahrscheinlich weil sein Vater diesen Superschlitten hat.

Ich wünschte, unser Opel verwandelte sich in einen Rolls-Royce mit weißen Türen und Autotelefon. Dann würde Rebecka mich vielleicht nicht hassen.

Heute Schluss – erster Gruß

28. Januar

Hey, Tagebuch. Arne hat zwei Laubfrösche, die Lasse und Hasse heißen.

Einmal haben wir Lasse in die Milchflasche von Arnes kleiner Schwester gesteckt.

«In der Milch sind ja Klumpen», haben wir gesagt und wie verrückt gelacht.

Am Anfang waren es eigentlich drei Frösche, Lasse, Hasse und Frasse. Frasse haben wir im Schaumbad gebadet, um zu sehen, ob die Farbe wohl verschwinden würde. Das tat sie – und Frasse auch.

Ich und Arne machen viele Experimente.

Einmal haben wir einen Werwolfstrunk gemischt. Wer den

trank, sollte ein Werwolf werden. Diese Sachen taten wir rein:

> ¼ l Coca-Cola
> 3 gehäufte Essl. schwarzen Pfeffer
> 1 Essl. Senf
> 1 Prise Blumenerde
> 4 zerstoßene Ameisen.

Dann probierten wir das Getränk an Arnes kleiner Schwester Doris aus.

Wir waren gezwungen, sie in die Kleiderkammer zu sperren.

Werwölfe können ziemlich wild werden.

Haare im Gesicht hat sie nie gekriegt. Aber wild wurde sie.

Wahrscheinlich waren zu viele zerstoßene Ameisen im Werwolfstrunk.

> Heute Schluss – Kumpelgruß

Der 17. Februar

Hallo! Hallo!

Ich habe die Einladungen zu meinem Geburtstag verschickt. Ich hab schon Antwort von Arne, Torleif, Ruth, Göran und leider auch von meiner Um-drei-Ecken-Cousine Biggan. Ich habe mich entschieden. Klumpen darf auch kommen. Rebecka hat noch nicht geantwortet. Antwortet sie JA, wird es eine Kuss- und Knutschparty. Antwortet sie NEIN, wird es eine Saft- und Kuchenparty.

Ich glaube, ich kriege ein Horn. Auf meiner Stirn wächst was Rotes, das tut weh.

«Es ist nur ein gewöhnlicher Pickel», sagt Mama.

«Mit einem Pickel schlägt man Löcher ins Eis», sage ich.

«Ich brauch keinen Eispickel.»

Mama meint, ich werde allmählich groß.

Und das stimmt. Jedenfalls an der Stirn.

Die aus der Neunten haben alle tolle Pickel im ganzen Gesicht. Damit geben sie wer weiß wie an.

Heute Nacht hatte ich einen Traum. Ich habe geträumt, dass in einem Meer lauter Ohren schwammen und horchten. Dann kam eine Möwe und fing an, die Ohren aufzufressen. Mehr weiß ich nicht.

Ich werde den Traum mal mit Arne in unserem Diskussionsklub zur Sprache bringen.

Ich habe erfahren, dass die Erde sich dreht. Das finde ich nicht gut. Habe Papas Pantoffeln im Wohnzimmer auf das Parkett genagelt, damit sie nicht von der Erde runterfliegen. Das taten sie auch nicht.

Dann habe ich die Gardinen an die Wand geklebt, damit sie nicht wie wild rumflattern, wenn die Erde sich kugelt. Das war schlau von mir. Papa findet das bestimmt auch, wenn er es merkt. Wieso wird einem eigentlich nicht schwindlig, wenn die Erde so rumwirbelt? Wieder eine Sache für den Diskussionsklub.

Gestern habe ich einen Witz gehört. Es war irgendwas mit einem Kerl und einem Baum, der umfiel. Und dann noch was. Aber ich weiß nicht mehr, was. Ich weiß bloß noch, dass es witzig war.

Ketchup macht man aus Tomaten. Macht man Senf aus Bananen? Weil die doch gelb sind. Wenn man die Tomaten und Bananen nicht zu Mus mahlen würde, sähe das komisch aus. Auf dem Würstchen eine Banane und auf den Fritten eine Tomate.

Ich habe eine Griebe gekriegt. Nicht auf der Schmalzstulle. Auf der Lippe.

Heute Schluss – Pickel- und Griebengruß

23. Februar *(Zwei Tage nach der Katastrophe)*

Jetzt aber, Tagebuch! Dies ist das letzte Mal, dass ich in dir schreibe. Da kannst du Gift drauf nehmen.

Zwei Sachen sind passiert.

1. Sache: Meine Geburtstagsfete wurde ein Reinfall.

2. Sache: Jemand hat in meinem Tagebuch rumgeschnüffelt.

Erst mal die erste Sache. Die Party am Samstag.

Meine Gäste: Arne, Ruth, Linda, Yvonne, meine Um-drei-Ecken-Cousine Biggan, Göran, Torleif, Klumpen und REBECKA.

Sanna durfte nicht kommen. Weil sie vergessen hatte, mit ihrem Hund Gassi zu gehen. Er hat in Sannas Papas Sessel geschissen, wo wahnsinnig wichtige Papiere lagen. Gescheiter Köter!

Als Erster kam Arne, klar. Er hatte Wunderkerzen mitgebracht. Wunderkerzen sind überhaupt nicht gefährlich …

falls man nicht Arne heißt. Arne zündete die Tischdecke an. Sie brannte gut. Zu gut, fand Mama und beschlagnahmte die Wunderkerzen.

«Ihr müsst schon ohne Brandstiftung auskommen auf der Geburtstagsfeier», sagte sie.

«FETE», schrien Arne und ich. «Nicht Feier.»

Dann probierten ich und Arne die Erfindung aus, die er für mich gemacht hatte. Die Zeitmaschine. Es ist eine Holzplatte mit einer Lampe, die leuchtet, wenn man zwei Drähte zusammenkoppelt. Die Lampe brannte dreizehn Sekunden. Dann explodierte sie.

«Deine Zeitmaschine ist Murks», sagte ich zu Arne.

«Mann, kapierst du denn nicht», sagte Arne. «Wir sind durch die Zeit gerast. Zurück bis ins Jahr 1960.»

Ich fand das ziemlich unheimlich, plötzlich im Jahr 1960 zu sein.

Wir kontrollierten es an Mama. 1960 ist sie zehn Jahre alt gewesen. Dann muss sie jedenfalls die größte Zehnjährige der Welt gewesen sein. Sie war etwa ebenso groß wie eine Erwachsene. Ich fand das schaurig.

«Wir hauen ab. Zurück in unsere Zeit», flüsterte ich Arne heimlich ins Ohr. Und das taten wir.

Dann kamen Linda und Yvonne. Linda hatte sich die Lippen angemalt.

Nachdem Arne und ich fertig gelacht hatten, machte ich ihr Päckchen auf. Arne lachte weiter, aber ich nicht. Ich hatte ein Balletttrikot gekriegt! Lindas Mama ist Tanzlehrerin. Sie will, das ich auch Ballett tanze. Vielleicht sieht das Ding ja gar nicht schlecht aus, dachte ich, bis ich es dann am Sonntag anprobierte.

Ich sah aus wie eine Wurst. Kann man Ballett nicht in Hockey-Kluft tanzen?

Dann hupte es unten auf der Straße. Das war Klumpen mit seinem Alten. Leider hatte der Alte keinen Unfall mit seinem Superschlitten gebaut.

«Tagchen, Tagchen, ihr Dösköppe», grölte Klumpen, sodass Tante Andersson über uns wahrscheinlich von ihrem Schaukelstuhl kippte.

«Hier kriegste was von mir», rief Klumpen und warf mir ein Päckchen zu. Darin waren zwei Sachen. Die erste Sache war eine Dose mit Aquariumfischen. Zwei waren schon tot.

Einer lebte – bis gestern. Die zweite Sache war eine Zeitschrift mit lauter nackten Mädchen.

Zuerst war es eklig. Dann war es ziemlich gut.

«Für Kinder verboten», sagte Klumpen und hielt Göran die Augen zu.

Jetzt fehlte nur noch ein Gast, Rebecka.

Sie kam um 19 Uhr, 23 Minuten und 12 Sekunden. Sie hatte einen blauen Pelz an und schicke Stiefel und ein Armband.

Geehrtes Tagebuch, dürfen Jungs vor Mädchen ohnmächtig werden? Ich glaube nicht. Darum ließ ich es bleiben.

«Gratuliere zum Ehrentag», sagte Rebecka.

«Danke», murmelte ich und kriegte ein kleines Päckchen. Ich fühlte mich ganz groß.

Es war das erste Mal in meinem zwölfjährigen Leben, dass ich von einem Mädchen in blauem Pelz und schicken Stiefeln ein Päckchen bekam und mir zum EHRENTAG gratuliert wurde.

«Hoffentlich wird dein Geburtstag dufte», sagte Torleif.

«Mein Ehrentag, meinst du wohl», sagte ich und tat mich wichtig. Dabei befühlte ich Rebeckas Päckchen.

Bestimmt war es was Romantisches. Ein goldener Ring oder Liebesgedichte oder ein paar Locken von Rebeckas Haar.

Es war eine Gummischlange. Eine rote Gummischlange.

«Das ist ja ein Superpimmel», brüllte Klumpen.

Man hörte ein Rumsen bei Tante Andersson in der Wohnung über uns.

«Jetzt ist die Tante vor Schreck tot umgefallen», schrie Klumpen begeistert.

Dann fragte Klumpen Rebecka, ob ihr mein normaler Pimmel nicht gut genug wäre, weil sie mir einen aus Gummi gekauft hatte.

«Fieser Ferkelfiesling», sagte Rebecka.

Ich glaube, Rebecka wird mal Schriftstellerin. Sie erfindet so gute Wörter.

Dann passierte die Katastrophe.

Klumpen dachte, ich würde mich nicht trauen, Rebecka mit der Gummischlange auf den Hintern zu klatschen. Dabei wollte ich es nur nicht.

«Feigling», sagte Klumpen und grinste höhnisch.

«Mir doch Wurscht», sagte ich.

«Memme, Muttersöhnchen», fuhr Klumpen fort.

Wenn jemand mich Muttersöhnchen nennt, werde ich wild. Ich riss ihm die Gummischlange weg und flutschte Rebecka damit eins über den Hintern. Mit Anlauf. Aber es tat bestimmt nicht weh.

«Aua!», schrie Rebecka. «Gemein!»

Dann ging sie nach Hause.

Geehrtes Tagebuch. Rebecka verbrachte 4 Minuten und 26 Sekunden ihres Lebens in meiner Wohnung. Und das wegen einer Gummischlange und einem Idioten, der Klumpen heißt.

Heute Schluss – Katastrophengruß

Mitten in der Woche vor Ostern

Hilfe, Tagebuch! Katastrophe!

Dies Jahr ist mein Pechjahr.

ICH SOLL EINE BRILLE KRIEGEN!

ICH SOLL EINE BRILLENSCHLANGE
WERDEN!

DAS ÜBERLEB ICH NICHT!!!

Jetzt zur Unterhaltung.

Mama und Papa versuchen mit dem Essen aufzuhören. Das nennt sich Fasten. Haha! Sie dürfen nur widerlichen Saft und eklige Brühe trinken. Alle solche Sachen trinken sie:

Sägespänesaft

Bautabazillensaft

Kleisterbrühe

Brennnesselbrühe

Unkrauttee

trübes Wasser

Papa sagt, er geht dabei ein. Ich ziehe ihn auf.

«Möchtest du nicht ein Würstchen, Väterchen?»

«Jetzt eine Käsestulle, was, Väterchen?»

«Willst du nicht mal von der Pizza probieren, Väterchen?»

Und so weiter. Und so weiter. Und so weiter.

Es endete damit, dass sie mich zu Oma schickten. Genau nachdem ich auf dem Klo eine Brotkrümelspur entdeckt hatte.

«Papa isst heimlich auf dem WC», sagte ich leise zu Mama. Sie glaubte mir nicht. Und jetzt sitze ich bei Oma. Und soll bis über Ostern bleiben. Alles, was wir sonst am Osterabend machen, erlaubt Oma nicht. Also keine Raketen und Böllerschüsse und nicht mal Knallfrösche. Dabei braucht man die doch, um die Hexen zu verjagen.

Ich habe Oma ein Stück aus der Bibel vorgelesen. Aber die Geschichte ein bisschen geändert. Ich sagte Phantom statt Jesus. Und schwarzer Peter statt Pontius Pilatus und Mopedtrimmer Thomas statt Ungläubiger Thomas. So habe ich gelesen: Und das Apfelmus sammelte alle seine Äpfel um sich und begab sich fort aus Ägypten in das vermuste Land.

Da war Oma eingeschlafen. Sie schnarchte.

Heute Schluss – Osterböllerschuss

30. April

Simsalabim, Tagebuch.

Erst mal ein bisschen in meiner Geheimsprache:

Konkaklofff silibom pullen treipe troff.

Heute ist alles geheim. Arne hat bei mir übernachtet. Sein Papa macht einen Kursus mit. Da lernt er schreien.

Arne und ich haben einen neuen Beruf. Wir sind Zauberkünstler. Gestern haben wir geübt. Wir haben die Fischsuppe zu Hamburgern verzaubert. Aber Mama hat uns erwischt.

All diese Dinger haben wir weggezaubert:

> Papas Lesebrille
> Papas Autoschlüssel
> Papas beste Hose
> Papas Geduld

Und all diese Dinger haben wir herbeigezaubert:

> Papas schlechte Laune
> fürchterliche Flüche
> einen Becher voll Wasser
> ein Feuerwehrauto (fast)
> Mamas Kopfschmerzen (Das war das Leichteste.)

Wir haben für Mama und Papa eine Vorstellung gegeben.
Arne hat einen Zauberkasten. Der ist mystisch.
Der Zauberstab lässt sich biegen – in die eine Richtung. Ich bog ihn in die andere …

Es war sowieso kein guter Zauberstab.

Wir haben lange einen Apfelsinentrick geübt. Dann kriegten wir Hunger und aßen die Apfelsine auf.

Arne nannte sich der Unschlagbare Dr. Smith. Ich musste Johansson heißen.

«Ist ja schließlich *mein* Zauberkasten», sagte Arne.

Arne steckte einen Gummiring mit einer Sicherheitsnadel im Hemdsärmel fest. Ans andere Ende des Gummis klebte er mit Tesa einen Zehnkronenschein. Erst zeigte er ihn dem Publikum (Mama und Papa). Den Gummi hielt er dabei versteckt.

«Meine Damen und Herren. Jetzt sehen Sie den Zauberkronenschein verschwinden!»

Und – er verschwand. Aber nicht im Ärmel. Er sauste ins Aquarium.

Papa lachte und lachte ... bis er dahinter kam, dass es *seine* zehn Kronen waren.

Der Unschlagbare Dr. Smith schob alles auf seinen Assistenten Johansson!

«Das wird Johansson vom Gehalt abgezogen», erklärte der Unschlagbare Dr. Smith.

Dann jonglierte Arne mit drei Äpfeln. Einer wurde Apfelmus.

Das Publikum klaschte Beifall. Jetzt wollte Papa ein Kartenkunststück zeigen.

Aber da war die Vorstellung schon zu Ende.

Heute Schluss – Frühlingsgruß

Freitag, den 15. Mai

Hopsassa, trallala, Tagebuch.

Gestern war einer der schlimmsten Tage, die es je auf der Welt gegeben hat. Treb Walker wurde gezwungen, seine neue Brille zur Schule mitzunehmen.

Ich stand schon um halb sechs auf, um meine Brille auszuprobieren. Zuerst setzte ich sie auf die Nasenspitze. Da wurde ich Oma.

«Wo ist mein Gesangbuch?», fragte ich den Spiegel.

Dann setzte ich sie mitten auf meinen Zinken. Da wurde ich Studienrat Blomberg.

Dann setzte ich sie direkt vor die Augen. Da wurde ich zum Musterstreber der Klasse.

«Furchtbar», sagte ich und versteckte die Brille im Futteral.

«Vergiss deine Brille nicht», sagte Mama nach dem Frühstück.

«Was für eine Brille?», fragte ich.

«Deine neue feine», sagte Mama.

«Meine neue scheußliche», sagte ich und versuchte zu vergessen, wo sie lag. Es ging nicht. Sie lag auf dem Schreibtisch.

Dreimal verlor ich mein Gedächtnis. Aber Mama fand die Brille immer wieder. Pech.

In der Schule verriet ich nichts. Die Brille steckte in der Jackentasche auf dem Flur. Gute Gelegenheit für Taschendiebe, dachte ich hoffnungsvoll.

In der ersten Stunde war alles wie sonst.

In der zweiten Stunde sah mich die Pute an.

In der Pause zwischen der zweiten und dritten Stunde fragte sie mich: «Wo hast du denn deine Brille, Treb?»

In der dritten Stunde hatten alle einen Heidenspaß. Nur ich nicht. Ich hatte eine Brille.

In der vierten Stunde dachte ich an eine gewisse Person, die sich Mutter nennt und ihren Sohn wegen einer Brille bei der Paukerin verpetzt.

In der Mittagspause legte Klumpen los.

«Hast dir ja ein Schau-Fenster zugelegt! Um dich bei den Lehrern ranzuschmeißen, was?», brüllte er.

«Ranschmeißen möchte ich dir was!», murmelte ich.

«Soll ich dir 'nen Blindenstock schnitzen?», grölte Klumpen weiter.

«Schnitz dir die Zunge ab, Mistkerl», sagte ich fast hörbar.

«Streberbrille, krille, krille!», johlte Klumpen.

Da ging ich einfach weg.

Heute Schluss – Brillengruß

19. Mai

Expr. (beachte Abkürzung) 1

Arne glaubte, wenn man einen Zahnpastadrink mixt, dann steht einem beim Sprechen der Schaum vorm Mund. Ich glaubte das nicht. Also mussten wir die Sache testen – an Doris.

Wir sagten ihr, es wäre ein Vitamingetränk. Sie fiel darauf

rein. Aus ihrem Mund schäumte nichts. Aber aus ihren Augen kamen Tränen.

«Interessante Nebenwirkung», sagte Arne.

Doris trank das ganze Glas leer.

«Mehr», sagte sie.

«Macht also süchtig», stellte ich stolz fest und trug diese Wirkung in unserem Experimentierbuch ein.

Rezept für den Zahnpastadrink:

eine halbe Tube Zahnpasta, etwa eine halbe Tasse voll

ein Glas voll Wasser

ein Eisstück

Umrühren. Gut mischen. Prost und wohl bekomm's!

Expr. 2

Wir fanden heraus, dass wenn man eine bestimmte Person mit verbundenen Augen auf eine Wand zugehen lässt, dann bleibt diese Person automatisch kurz vor der Wand stehen.

Bei Doris funktionierte es nicht. Sie rumste direkt dagegen.

«Hast du noch nie was vom sechsten Sinn gehört, Doofi-Doris?», fragte Arne sauer. Dann probierte er seinen eigenen sechsten Sinn aus. Er funktionierte.

Aber Arne hat unter der Augenbinde hervorgeschielt und die Wand gesehen.

Der sechste Sinn ist auf alle Fälle eine wichtige Sache. Dadurch sind viele Dinge leichter zu durchschauen. Zum Beispiel, dass Papa sich vor dem Fasten gedrückt hat. Das hat mir der sechste Sinn gesagt. Zum Beispiel, dass der Nachbar Olle Collin was Verdächtiges hat. Das hat mir auch der sechste Sinn gesagt. Und auch, dass Postautos gelb und Krankenwagen weiß sind, damit man sie nicht verwechselt. Es wäre ja auch bescheuert, wenn ein Patient im Briefkasten liegt und ein Postpaket Mandelentzündung kriegt. All so was verrät einem der sechste Sinn. An manchen Orten ist der sechste Sinn stärker als an anderen. In der Schule ist er schwächer als zu Hause.

Der sechste Sinn sagt einem immer, wie viel man essen kann, wenn man zu Hause ist. Beim Schulessen ist man satt, lange bevor man aufgegessen hat. Da streikt der sechste Sinn.

Zum zweiten Mal in diesem Tagebuch nehme ich jetzt einen roten Schreiber.

Denn jetzt schreibe ich über Nadja.

Nadja ist der schönste Name, den es gibt. Vor einem Monat fand ich das noch nicht. Aber jetzt finde ich es.

Nadja Nilsson geht in die 5 E in der Jungbergschule. Zum ersten Mal habe ich Nadja Nilsson am Freitag gesehen, in der Schuldisco. Ich ging mit Arne und Torleif hin. Torleif hatte seine Haare mit Wasser gekämmt, HA! HA! Alle hatten Jeansjacken an. Wir waren fast eine richtige Gäng. (Englisch!)

In die Jungbergpenne gehen tolle Weiber. Viele färben sich die Haare. Eine, die sich nicht die Haare färbt, ist Nadja Nilsson. Sie ist trotzdem klasse.

Nadja hat schwarze Augen und dunkelbraune lockige Haare. Alles um sie rum knistert so, dass einem das Blut in den Adern kocht.

Wow, Tagebuch, und als sie dann lächelte! Ich hätte sie irre gern umarmt und ihr ins Ohr gepustet. Doch das tat ich nicht. Aus vier Metern Entfernung jemandem ins Ohr zu pusten ist schwer.

Ich radelte mit Arne und Torleif nach Hause.

Die ganze Zeit dachte ich an Nadja.

Arne riss sein Vorderrad hoch, um festzustellen, ob das Rücklicht auf den Boden knallt. Das tat es.

Ich hoffe, dass ich den roten Schreiber von jetzt an oft benutzen muss. Nadja Nilsson – Geigenspielerin in der Jungbergschule.

Morgen kaufe ich mir eine Single mit Geigenmusik.

Heute Schluss – Fiedelgruß

22. Mai

Kling, klang, pling, plong, Tagebuch. Jetzt erzähle ich was Tolles.

Diese Woche bin ich mutig gewesen. Sogar gleich mehrere Male.

Ein mutiges Ding war, dass ich in der Schule die Brille aufhatte. Fast den ganzen Tag!

Nicht mal Klumpen hat mich aufgezogen. Nur zweimal gegrinst.

Die Pute sagte, ich bin mutig.

«Selbstverständlich», sagte ich lässig.

Ein anderes mutiges Ding war, dass ich heimlich Nadja angerufen habe. Nadja Nilsson aus der Jungbergschule. Die mit den drei fürchterlichen Brüdern. Ich rief von einer Telefonzelle an, um die Spurensuche zu erschweren. Ich habe mich lange vorbereitet.

«Hej, Nadja! Ich bin der Typ, den du am Freitag gesehen hast. Der, den du angeguckt hast.» Das habe ich viermal trainiert.

Es klang nicht gut.

«Hier spricht Treb Walkers telefonischer Mädchenbeantworter. Sie, Fräulein Nadja Nilsson, sind von Treb Walker auserwählt worden, sein Mädchen zu werden. Bitte antworten sie JA, wenn Sie den Piepston hören. PIEP!»

Das sagte ich auch nicht.

Dann schrieb ich auf einen Zettel, was ich sagen wollte. Ein Glück, dass Mama mich clever geboren hat.

Dann verlor ich den Zettel.

Jetzt zu der Mutprobe. Ich rief trotzdem an. Jetzt zu der noch mutigeren Mutprobe. Nadjas drei Brüder waren am Apparat. Und ich legte NICHT auf.

«Wer zum Teufel ist da?», schrien die Brüder in den Hörer.

«Ist Nadja zu Hause?», fragte ich so frech, wie ich es wagte. Die Lage war lebensgefährlich.

«Wer ist da?», fragten die Brüder wieder.

«Kein Besonderer», sagte ich.

«Komischer Name», sagten die Brüder und lachten bedrohlich.

«Ist das für mich?», fragte eine Stimme im Hintergrund.

«Dein Bräutigam», grölten die Brüder.

Mir wurde schwindlig. Aber ich sagte nichts.

«Hallo, hier ist Nadja», sagte eine Stimme.

«Hey, ich heiße … Arne.»

Gute Lüge. Arne klingt besser als Treb.

«Jaaa?», sagte Nadja.

«Tja …», sagte ich. «Tja …», sagte ich. «Tja …», sagte ich. Nach dem siebten Tja fragte Nadja, was ich wollte.

«Tja», sagte ich. «Ist Geige spielen schwer?»

«Geige spielen?», fragte Nadja erstaunt.

«Noch ein Därmekratzer!», schrien die Brüder im Hintergrund.

«Ich interessiere mich in letzter Zeit für Geigenmusik. Gestern hab ich mir eine Single mit Geigenmusik gekauft», log ich.

«Ach ja?», sagte Nadja.

«Ich überlege, ob ich nicht auch anfangen soll zu spielen. Kannst du mir einen Rat geben?»

«Bräutigam und Braut. Wird euch bald versaut», brüllten Nadjas drei Brüder und pfiffen.

«Entschuldige, das sind nur meine Brüder. Die sind verrückt.»

«Ja», sagte ich.

Dann wurde mir wieder schwindlig. Wenn die Brüder das auch gehört hatten! Dann überfahren sie mich mit ihrem Amazon. Und mit Absicht.

Nadja fragte, ob sie mich kennt.

«Wir waren beide Freitag in der Schuldisco. Wir haben uns viermal angeguckt. Ich bin Torleifs Kumpel», sagte ich schnell hintereinanderweg.

«Ach, dann weiß ich», sagte Nadja und ihre Stimme klang froh und irgendwie innig.

«Es würde Spaß machen, mal eine Geigenstunde zu bekommen», sagte ich unschuldig.

«Es würde Spaß machen, mal eine Geigenstunde zu geben», sagte Nadja genauso unschuldig.

«Es würde Spaß machen, einer gewissen Person den Geigenbogen ins Auge zu stechen», brüllten die Brüder grässlich schuldig.

«Du, Arne», sagte Nadja in den Telefonhörer, «wir könnten ja …»

Hier wurden wir getrennt. Die Krone im Automaten war zu Ende. Ein totaler Reinfall. Ich hatte kein Geld mehr.

Das war Papas Schuld. Wenn er reich und Millionär wäre, dann hätte ich gleich ein paar Kronen auf einmal reinstecken können.

Treb Walker ging heimwärts. Fühlte sich wie Gelee.

Zwei verdächtige Gestalten schlichen um den Tabakladen. Sie waren ungefähr fünfzehn. Treb Walker noch mehr Gelee.

«Buuuh!», schrien die verdächtigen Gestalten.

Treb Walker Gelee im ganzen Körper. Treb Walker rein in den Tabakladen – bettelte den Tabakhändler um ein paar Gummibärchen an.

Rannte nach Hause. Dachte an Nadja Nilsson. Aß vierzehn Gummibärchen auf einmal.

Geehrtes Tagebuch. Mädchen sind ziemlich interessant, wieder.

Heute Schluss – Geigengruß

Sonntag, den 31. Mai

Juhu, Tagebuch.

Heute werde ich wohl meistens mit Rot schreiben. Der Grund: Nadja Nilsson.

Am Dienstag startete ich das zweite Gespräch. Das alles passierte:

Die Brüder waren nicht am Apparat.

Nadja meldete sich. Ihre Stimme ist schön.

«Weißt du noch das letzte Mal?», sagte ich.

«Wer ist denn da?», fragte sie.

«B... Tr... Arne», sagte ich.

Mein Deckname ist immer noch Arne.

«Voriges Mal reichte das Geld nicht», erklärte ich ihr.

«Das macht nichts», sagte sie.

Dann redeten wir drei Minuten und zwölf Sekunden über Geigensaiten und so was. Ich fragte Nadja, ob sie am Freitag in die Disco geht.

«Tja, am Freitag backen wir immer Brot, ich und Mama», sagte sie.

Alle Hoffnung war futsch.

«Ja, dann höre ich jetzt auf», sagte ich verzweifelt.

«Ach, das mit dem Brotbacken ist ja nicht so wichtig», sagte sie schnell.

«Dann treffen wir uns also da?», sagte ich fast lässig.

«Kann sein», sagte Nadja.

Jetzt hörte man im Hintergrund ein Gebrüll. Nadjas Brüder waren vom Rockertreff zurückgekommen.

«HUNGER! ESSEN!», brüllten sie.

Najda und ich verabschiedeten uns ziemlich schnell.

Am Freitag war es dann endlich so weit für die Disco im Schulkeller. Ich zog mir so etwas wie einen Geigenanzug an.

«Schicken Sohn hat man», sagte Mama.

Ich, Torleif und Arne bildeten wieder eine Gäng. Arne kaufte Popcorn und drehte sich eins in die Nase. Alle aus unserer Rockband waren da.

Torleif spielt Flöte. Ich spiele Schlagzeug und Erik wahrscheinlich Ziehharmonika. Oder aber Tamburin, falls sein Alter ihm nicht die Ziehharmonika leiht. Nicke spielt Hardrockgitarre. Astrid und Gunnel tanzen und hampeln rum und Arne ist der Elektriker.

Die ganze Rockband setzte sich an einen Tisch und diskutierte den ersten Auftritt bei der Abschlussfeier. Erik sagte, der Schulleiter wolle einen Namen für die Band, wegen der Plakate.

«Die Beckaschulboys», schlug Nicke vor.

«Falls ihr es noch nicht gemerkt habt, zwei Mädchen sind auch dabei», sagte Astrid.

«Omas Zwerge», sagte ich, wurde aber schnell niedergeschrien. Gunnel dachte anderthalb Minuten nach. Dann sagte sie:

«Knall und Schall.»

«Bist du total behämmert?», fragte Torleif.

«Ja!», schrie Arne. «So heißen wir!»

Jetzt heißen wir also Total Behämmert.

«Schade, dass wir nicht schon heute spielen dürfen», sagte Torleif.

«Ein Glück», sagte ich. «Mit Arne als Elektriker ist es ein Glück. Sonst explodiert hier alles.»

Danach gab es Popcornkrieg. Arne wäre fast rausgeflogen.

Und dann kam Nadja.

Sie sah absolut spitzenmäßig aus.

Ich flüsterte Torleif zu, dass er ein bisschen schnüffeln soll. Torleif ging zu Nadja und schnüffelte ein bisschen. Nach einer Weile sah Nadja Arne an! Und dann mich. Alles war mystisch. Torleif kam zurück, als Arne sich mehr Popcorn kaufte. Da fragte ich: «Was hat Nadja gesagt?»

«Sie wollte wissen, wie du heißt.»

«Und was hast du gesagt?»

«Na, BERT, was denn sonst», sagte Torleif.

O nein! Mein richtiger, blöder, beknackter Quakname ist ausposaunt. Kein Mädchen hat was für einen Jungen übrig, der B…, natürlich TREB, heißt. Die ganze Welt ging zu Bruch. Alle Wände stürzten ein und zwanzig Wölfe heulten irgendwo. Treb Walker war einsam – wieder einmal.

Mathearbeit am Samstagvormittag. Die ABSCHLUSS-PRÜFUNG. Der dritte und letzte Versuch. Der Anruf bei Nadja Nilsson.

Ort: Die Telefonzelle vor dem Fahrradgeschäft.
Zeit: 10 Uhr 53 Minuten und 16 Sekunden.

TUUUT.

«Um was geht's?», brüllten Nadjas drei Brüder.

Totales Pech! Alles lief schief.

«Man kann nicht mit Nadja sprechen?», fragte ich.

«Wie hast du Dämlack denn das rausgekriegt», sagte der älteste Bruder, der, wie Torleif mir gesagt hat, Markus heißt.

«Isses der heimliche Liebhaber?», grölte der nächstälteste Bruder, der Kenneth heißt.

Dann krachte irgendwo was.

«Was war das?», fragte ich.

«Ach, nur Egon, der hat den Fernseher umgeschmissen.»

Egon ist der jüngste und lebensgefährlichste Bruder.

Danach hörte ich die schöne Stimme.

«Werde ich gewünscht?»

Und wie! Nadja Nilsson muss auch den sechsten Sinn haben.

«Werde ich gewünscht?», grölten die Brüder und äfften sie nach.

Der Augenblick war da. Meine ganze Zukunft stand auf dem Spiel.

«Hier ist Nadja», sagte Nadja.

«Ja, hallo! Hier ist Tr… Arne», versprach ich mich fast.

«Ja, du, Arne», unterbrach mich Nadja. «Ich muss dir was sagen. Es ist nämlich so … Also gestern in der Disco hat Torleif mir gesagt, wer ihr seid. Und offen gestanden bin ich verliebt in …»

«Juhu», flüsterte ich ins Telefon.

«IN BERT!»

Dann war es still. Genau eine Minute. Das Gehirn schnurrte mir im Kopf rum und wollte raus. Ich wurde ein paar Mal fast ohnmächtig. Was sollte ich sagen? Ich hatte doch behauptet, ich heiße Arne. Und Nadja wollte von mir nichts wissen, weil sie dachte, ich wäre Arne, weil sie in Treb verliebt ist, der ich ja bin, wenn ich nicht Arne bin.

«Dann bist du ja in mich verliebt», sagte ich leise in den Hörer.

«Was?», fragte Nadja.

«DANN BIST DU JA IN MICH VERLIEBT», schrie ich.

«Hahaha!», lachten die Brüder und ich fing an zu schwitzen.

«Nein, Arne, sag das nicht», sagte Nadja ganz bekümmert.

«Aber ...», sagte ich.

«Ehrlich, ich bin in BERT verliebt», sagte Nadja und legte auf.

«Das ist ja Wahnsinn! Wie soll ich denn ...»

O Scheibenkleister!

Jetzt ruft Mama zum sechsten Mal, dass das Essen fertig ist. Ich muss aufhören.

Heute Schluss – (fast) Tränenguss

Donnerstag, der 4. Juni

Das Tagebuch ist bald voll geschrieben. Habe ich Arne zu verdanken.

Jetzt schreibe ich noch über das Wichtigste, das es gibt. Ein Buch ist ein Leben. Mein Leben ist Nadja Nilsson. Also beende ich dieses Buch damit, über Nadja Nilsson aus der Jungbergschule zu schreiben.

Dies passierte an dem historischen Donnerstag, dem 4.

Juni, im Stadtpark an der alten Eiche: Zeit: 16.00. Treb Walkers Ankunft: 15 Uhr 30. Ursache: Säuberung des Treffpunktes. Ich wollte einen guten Eindruck auf Nadja machen. Darum sammelte ich an der alten Eiche ein bisschen Abfall ein, riss ungleichmäßige Grashalme aus, schubste hässliche Steine weg und auch Hundeschiet. Danach tat ich was blöde Romantisches. Ich schnitzte die Anfangsbuchstaben N. N. in den Eichenstamm und rundherum ein Herz. Deutlich sichtbar.

Mit dem Glockenschlag 15 Uhr 50 traf N. N. ein, also Nadja Nilsson, also das süßeste Mädchen der Welt, also Treb Walkers heimliche Liebe.

Ich begann das Gespräch romantisch:

«Heute ist das Wetter besser als letztes Mal.»

Nadja lächelte und nickte.

Ich wurde innen drin ohnmächtig.

«Wollen wir uns hinsetzen?», brachte ich leise hervor.

Nadja lächelte und nickte.

Ohnmacht Nr. 2.

Wir setzten uns dreizehn Zentimeter entfernt voneinander.

Zu großer Abstand, fand ich.

«Ich rutsche ein bisschen», sagte ich. «Ich sitze auf einem Wurmloch.»

«Armes Würmchen», sagte Nadja.

Dann saßen wir nur noch acht Zentimeter entfernt voneinander.

Da entdeckte Nadja das Herz mit N. N. drin.

«Was kann das wohl bedeuten?», fragte sie.

«Vielleicht … N… Niesende Nase?»

Nadja lachte.

«Glaubst du das ehrlich?»

«Nein», sagte ich und guckte sie an.

Sie guckte zurück.

«Und wenn das nun Nadja Nilsson bedeutet?»

Meine Ohren wurden warm.

«Das bedeutet es», sagte ich und wurde verwandt mit einer Tomate. Dann saßen wir ungefähr vier Zentimeter entfernt voneinander.

Der entscheidende Augenblick traf ein.

Nadja stand auf und schnitzte B. L. unter N. N. unters Herz.

«Und was bedeutet das nun?», presste ich hervor.

«Vielleicht ... Bananen Laterne», sagte Nadja.

«Glaubst du das ehrlich?», fragte ich so etwas schwebend.

«Nein», sagte Nadja. «Das bedeutet Bert Ljung.»

«Ach so», sagte ich und hob ab.

Dann saßen wir null Zentimeter entfernt voneinander.

Dann wuschelte Nadja mir durch die Haare. Ich wollte zurückwuscheln, pikste ihr aber aus Versehen ins Auge.

«Au», schrie Nadja.

«Entschuldige», schrie ich und fühlte mich wie ein Mörder.

Nadja sagte, es macht nichts.

Wir guckten uns wieder an.

Nach einer Weile sagte ich: «Nadja ist ein toller Name.»

«Bert auch», sagte Nadja.

Ich lachte etwa dreißig Sekunden.

«Wieso lachst du denn?», fragte Nadja.

«Weil ich dachte, das soll ein Witz sein», sagte ich.

«Aber ich finde EHRLICH, Bert ist ein TOLLER Name,
und ich finde EHRLICH, auch Bert ist TOLL.»
Ich kriegte wahrscheinlich Fieber. Wir küssten uns.

Geehrtes Tagebuch.
Treb Walker gibt es nicht mehr.
Jetzt gibt es nur noch Bert Ljung und Nadja Nilsson.

Für immer Schluss – demnächst Hochzeitskuss

1. Januar

Halli hallo, liebes Tagebuch!
Gestern war Silvester. Mama und Papa hatten Gäste. Wenn
Gäste da sind, gibt's einen Begrüßungs-Cocktail, Wein zum
Essen, Schnaps und Cognac zum Kaffee und dann noch
Grog. Wenn es außerdem Silvester ist, gibt's auch noch gute
Vorsätze fürs neue Jahr.
Beim Essen versprach Papa, öfter beim Geschirrspülen
zu helfen. Beim Kaffee versprach er, eine Spülmaschine
zu kaufen. Mama lachte. Bevor die Tanzerei losging, versprach Papa, dass er eine Spülmaschine und eine Waschma-
schine kaufen wollte, und außerdem würde er in das Haus,
das er ebenfalls kaufen wollte, eine Sauna und einen Swim-
mingpool einbauen. Mama sagte: «Jetzt reicht's!»
Heute früh um sechs hab ich Papa geweckt und ihn gefragt,
ob wir losgehen wollten, um Häuser anzuschauen. Er hat
sich geweigert, mir eine Antwort zu geben.

Jetzt werd ich ein Weilchen mit meinem Rotstift schreiben. Was jetzt kommt, handelt nämlich von Nadja. Nadja ist meine Alte. Ja, so nennt man das. Man darf seine Freundin Alte nennen, wenn man länger als zwei Wochen miteinander gegangen ist. Und das sind wir. Nadja und ich gehen seit 6 Monaten, 3 Wochen, 5 Tagen, 4 Stunden, 8 Minuten und 6–7–8–9–10 Sekunden miteinander.

Alles an Nadja ist total gut. Alles bis auf drei Sachen – nämlich Nadjas drei fürchterliche und echt lebensgefährliche Brüder.

Alles okeh – Kartoffelpüreh

11. Januar

Halli hallo, Tagebuch!

Heute ist Mittwoch. Mittwoch ist ein guter Tag, da macht Papa nämlich Überstunden und Mama ist beim Kaffeekränzchen. Eine günstige Gelegenheit für elternfreie Aktivitäten:

* den Inhalt des Staubsaugerbeutels checken,
* die Aquarienfische mit Salzstangen und Mohrenköpfen füttern,
* mit Nadja neue Kusstechniken ausprobieren,
* Papas Anzüge im Schrank aneinander kleben,
* auf Video Filme angucken, die für Jugendliche verboten sind.

Video gucken ist die beste elternfreie Aktivität. Bedauerlicherweise kam Bert Ljung als Sohn unbemittelter Eltern videolos auf die Welt. Aber es gibt barmherzige Kumpel, die im Besitz von heißen Videogeräten sind. Ich gehöre zu einer Liga, die verbotene Filme anguckt. Einmal haben wir einen geilen Film gesehen. Er handelte von Pistolen, Motorrädern und einem Boot, das in die Luft gejagt wurde. Die behämmerte Liebesgeschichte ließen wir im Zeitraffer durchlaufen.

Apropos Liebesgeschichte. Gestern hab ich Nadja besucht. Sie war genauso hübsch wie immer. Zuerst hab ich sie verhört, ob sie mich noch liebt. Ihre Antwort war JA. Dann hab ich gefragt, wie es denn so in der Schule gewesen ist. Und da kam der Hammer. Ein neuer Junge ist in Nadjas Klasse gekommen. Ich erstarrte.

«Wie sieht er aus?», fragte ich ruhig und beherrscht.

«Na ja, er sieht ganz gut aus.»

Da bin ich nach Hause gegangen. Ich hatte heftige Bauchschmerzen, mein Blut floss nur noch langsam durch meine Adern. Die ganze Welt war grau und öd. Als ich nach Hause kam, schaute ich mich im Spiegel an. Früher bin ich doch nicht so hässlich gewesen.

«ER SIEHT GANZ GUT AUS», hallte es durch meinen Kopf.

Kein Mensch findet, dass ich «ganz gut aussehe».

Nix ist okeh – Leberpüreh

20. Januar

Halli hallo, Tagebuch!

Hiermit schreibe ich die tragische Geschichte von der Klassenarbeit der Klasse 6 A über den Zweiten Weltkrieg nieder. Gestern wurde ich von großem Lerneifer heimgesucht. Ich las die 83 Seiten in 16½ Sekunden durch.

«Bist du etwa schon fertig mit den Hausaufgaben?», fragte Mama.

«Klaro, wo ich doch so ein hervorragendes Grundwissen in Geschichte hab», sagte ich.

«Na, großartig», sagte Mama und fragte mich zwei Stunden lang ab. In dieser Zeit bekam ich zweimal Herzklopfen, einen Schlaganfall und verwandelte mich ungefähr vierzehnmal in den Höhlenmenschen Milton. Als ich ins Bett ging, wusste ich alles über den Zweiten Weltkrieg. Als ich aufwachte, wusste ich nichts. Mein Gehirn hatte in der Nacht einen Zusammenbruch erlitten. Das nennt man Gehirnkollaps.

«Mutter, o Mutter! Ich habe einen Gehirnkollaps erlitten!», rief ich vom Bett aus.

«Unsinn! Steh auf und komm frühstücken», sagte meine Mutter.

Ich fragte sie, ob sie nicht ein bisschen Hirnsuppe von gestern übrig hätte. Da sagte sie, die hätte Papa gestern Abend aufgegessen.

«Aha, der hat's auch nötig», sagte ich.

Die bedauernswerten Schüler der Klasse 6 A waren sehr nervös. Alle kauten an den Nägeln, nur Arne nicht, der biss sich ins Knie.

Benny versuchte zu bescheißen und schrieb sich alle wichtigen Jahreszahlen in die Handfläche. Dummerweise ist er ein nervöser Typ. Er bekam so schwitzige Hände, dass der Text verschwand. Jetzt heißt Benny nur noch Old Schweißhand.

Ich zerbrach mir den Kopf, was wohl für Fragen drankommen würden. Plötzlich hatte ich eine geniale Idee. Ich lief zu den Siebtklässlern rüber und besorgte mir die Klassenarbeit über den Zweiten Weltkrieg, den die Sechste letztes Jahr geschrieben hat. Das kostete mich nur 25 Kronen. Dann schlug ich die richtigen Antworten im Geschichtsbuch auf und lernte sie auswendig. Ich wusste alles über den Zweiten Weltkrieg. Die Arbeit ging einmalig gut, bis ich an die Überschrift kam. Die Überschrift lautete: «Geschichtsarbeit für die Klasse 6. Der Erste Weltkrieg.» Da bin ich gestorben.

Nix ist okeh – Leberpüreh

4. Februar

Halli hallo, Tagebuch!
Igitt und bäh! Oma ist zu Besuch bei uns. Mama und Papa haben sie herbeordert. Meine egoistischen Eltern wollen eine Luxuskreuzfahrt nach Åland machen. Den bedauernswerten Sohn lassen sie daheim zurück, von einer religiösen Fanatikerin namens Oma bewacht.
Sie ist schon gestern angerückt.

«Willkommen», log ich.

«Hast du dir schon die Ohren gewaschen? Übrigens, warum bist du noch nicht im Bett? Es ist doch schon kurz vor acht. Wir haben morgen viel vor», sagte Oma.

«Aber ich hab morgen frei», versuchte ich mich zu wehren.

«Das hilft nichts. Marsch ins Bett», befahl die Tyrannin.

Jetzt ist es Samstagmorgen. Ich habe mir ein paar Streiche für meine Oma, diese Diktatorin, ausgedacht.

Diktatorstreiche:

1. Die Zuckerschüssel mit Salz füllen. (Oma braucht immer viel Zucker in ihrem Kaffee.)

2. Oma in der Stadt in den falschen Bus einsteigen lassen, der sie dann in die Nachbarstadt transportiert.

3. Die Texte in ihrem Gesangbuch in Trinklieder verwandeln.

Es wäre doch der totale Hit, wenn sie am Sonntag in der Kirche *Heute blau, morgen blau und übermorgen wieder* singen würde. Da hätte der liebe Gott endlich was zum Lachen.

Alles okeh – Kartoffelpüreh

8. Februar

Halli hallo, Tagebuch!

Wenn Lisa 5 Birnen hat und Per 5 davon gibt, kann sie nicht zählen und wenn sie 4 Äpfel hat und Per 3 davon gibt, hat sie eine Macke. In beiden Fällen bleibt sie hungrig. Gestern habe ich eine Mathearbeit geschrieben. Jetzt denke ich nur noch in Zahlen. Herr 38 und Frau 35 zwangen Sohn 12, den ganzen Tag 6 des Monats 2 Zahlen zu lesen. Monat 2 besteht zu 90 % aus Schnee, auf dem Weg in die Schule 1, Klasse 6, fiel Sohn 12 ungefähr 36-mal in diese 90 %. 100 % von Sohn 12 waren durchnässt, Sohn 12 musste daher Mathearbeit Nr. 1 im Korridor schreiben. Sohn 12 hat einen Intelligenzquotienten von 4000. Er hatte ein Lösungsheft dabei und beantwortete 100 % aller Fragen richtig.

Allmählich entwickle ich mich zum Kriminellen. Wenn ich nicht aufpasse, lande ich womöglich in der Erziehungsanstalt. Dort lernt man, wie man erzieht. Dann möchte ich bitte eine flotte Mieze in meinem Alter erziehen. Sonst keine Wünsche.

Heute Abend proben die HEMAN HUNTERS. Inzwischen sind wir echt gut geworden. Wir können schon 2 ½ Stücke spielen und lernen gerade, unsere Instrumente zu stimmen.

Ich spiele Bass und brauche nur vier Saiten zu stimmen, vorläufig begnüge ich mich aber mit der obersten Saite. Im Frühjahr werd ich mir einen Break auf dem Bass beibringen. Da wollen wir nämlich Buggi Wuggi spielen. Übrigens hab ich heute Namenstag.

Alles okeh – Kartoffelpüreh

10. Februar

Halli hallo, Tagebuch!
Hilfe, aua, mein Körper streikt. Meine Muskeln sind geschwollen. Das kommt vom ersten Fußballtraining. Zuerst schämte ich mich 12 Minuten lang, weil meine Fußballschuhe vom Modell Vorjahr waren. Doch dann stellte sich heraus, dass Arnes Schuhe vom Modell vierziger Jahre waren. Alle glaubten, Arne hätte sie in irgendeinem Museum mitgehen lassen.
Unser Trainer Gordon informierte uns ungefähr zwanzig Minuten lang über die kommende Saison. Kein Mensch hörte zu. Alle waren damit beschäftigt, zu würgen und zu speien. Das gehört sich so in Umkleideräumen. Arne versuchte, mit einem männlichen Schlonz den Papierkorb zu treffen. Er traf Gordons Füße und verbringt jetzt das erste Spiel auf der Reservebank.
Das Training fing gut an, bis ich vom Umkleideraum zum Lokus joggte.
Da hatte ich plötzlich Blutgeschmack im Mund und wäre vor Erschöpfung fast ohnmächtig geworden. Ich hab keine Kondition mehr.
Nach dem nicht sehr erfolgreichen Kopfballtraining mit dreimal Nasenbluten und zwei leichten Gehirnerschütterungen spielten wir ein Trainingsspiel. Inzwischen war ich fast bewusstlos.
Ich meldete mich freiwillig als «technischer Verteidiger».
Ein Glück, dass keiner in der Mannschaft sich mit Fußballregeln auskennt. Es gibt nämlich keinen «technischen Verteidiger». Ich erklärte, dass ein technischer Verteidiger ne-

ben dem Torwart steht, ihm gute Ratschläge gibt und ihn vor Bällen warnt.

Alle haben mir geglaubt. Sogar unser Trainer Gordon.

Alles okeh – Kartoffelpüreh

12. Februar

Halli hallo, Tagebuch!
Ich möchte im Erdboden versinken. Ich hasse Mopeds. Du ahnst ja nicht, was passiert ist, Tagebuch. Gestern, als Arne und ich in der Stadt waren, bekamen wir plötzlich eine Wahnsinnslust, eine Probefahrt zu machen. Aber wir sind ja noch nicht alt genug. Arne kann sehr gut lügen. Er hat einfach behauptet, dass wir fünfzehn und sechzehn Jahre alt sind.
Der Mopedverkäufer wollte uns nicht glauben. Da begannen wir mit tiefer Stimme zu reden und ich knurrte:
«Mann, mach halblang!»
Da durften wir eine blaue Suzuki leihen. Wir fuhren zur Imbissbude, stiegen vom Moped und lungerten eine Weile mit den anderen Fünfzehnjährigen in der Gegend herum. Niemand zweifelte unser Alter an.
«Los, komm, Arne! Wir müssen nach Hause und die Maschine noch ein bisschen trimmen», sagte ich. Dann kehrten wir zum Moped zurück. Blau und glänzend stand es da. Als wir beim Laden ankamen, fragte uns der Mopedverkäufer freundlich:

«Menschenskinder, wie habt ihr das denn angestellt?»
«Was denn?», wollten wir wissen.
«Ihr seid mit der blauen Suzuki weggefahren und kommt jetzt mit einer blauen Zündapp zurück.»
Da sahen wir es. Wir hatten das falsche Moped genommen. Der Verkäufer schmiss das Diebesgut in seinen Lieferwagen und fuhr mit uns zur Imbissbude. Dort warteten sechs höhnisch lachende Fünfzehnjährige. Die Verwechslung wurde aufgeklärt und der Verkäufer fuhr zum Laden zurück. Zur Strafe mussten wir zu Fuß nach Hause gehen. Acht Kilometer.

Nix ist okeh – Leberpüreh

21. Februar

Halli hallo, Tagebuch!
Jetzt bin ich alt. Seit sieben Stunden und sieben Minuten bin ich alt. Ich bin ein Teenager. Als Teenager muss man sich gegen seine Eltern auflehnen. Das ist allerdings nicht ganz einfach, wenn sie einem morgens um halb sieben das Frühstück ans Bett bringen, mit Kerzen und Geschenken.
«Herzlichen Glückwunsch, mein großer Junge», sagte Mama. Sah man es meinem Körper schon an, dass er älter war als gestern? Hoffentlich!
«Mach deine Geschenke auf», schlug Papa vor. Ich machte sie auf, packte das letzte aber sofort wieder ein. Ein Rasierapparat! Meine Kindheit ist vorbei!

Nachdem ich im Bett gefrühstückt hatte, schlich ich mit dem Apparat ins Bad, um meinem Kinn eine Runde zu verpassen. Aber weit und breit war kein einziger Bartstoppel zu sehen. Ich hatte immer noch ein Gesicht wie ein Kinderpopo. Auf der Nasenspitze entdeckte ich nur zwei neue Mitesser. Aber die ließen sich nicht wegrasieren.

In der Schule werd ich heute bestimmt gefeiert. Das weiß ich. Als Pia im Januar Geburtstag hatte, haben wir auch gesungen. Arne wird aber nur die Lippen bewegen, wenn die Klasse für mich singt. Er ist neidisch, weil er erst im Oktober Geburtstag hat.

Alles okeh – Kartoffelpüreh

22. Februar

Halli hallo, Tagebuch!
Jetzt bin ich schon einen ganzen Tag lang Teenager. Ich fühle mich echt vergreist. Gestern in der Schule kam mir Arne entgegen und erzählte, dass am Samstag eine Fete steigt.
«Hast du schon für die Einladungskarten gesorgt?», fragte Arne.
«Was denn für Einladungskarten?», fragte ich.
«Zu deiner Geburtstagsfete, natürlich.»
Da kapierte ich. Arne hatte ohne mein Wissen ein Fest geplant. Zum Glück hatte er es noch nicht allzu vielen gesagt.

«Wie vielen?», fragte ich.

«Na, so zwanzig, dreißig Leuten ungefähr.»

Der Schultag hätte nicht schlimmer anfangen können.

«Heute haben wir einen neuen Teenager in der Klasse», sagte Frau Puttin.

«GLÜCKWUNSCH!», brüllten alle.

«Besten Dank», sagte Arne.

«Du doch nicht!», zischte ich. «Ich hab Geburtstag!»

«So? Willst du etwa nicht teilen?», fragte Arne gekränkt.

Da erklärte ich, dass man Geburtstage nicht teilen kann.

Denn dann würde ich heute erst sechseinhalb Jahre alt.

Alles okeh – Kartoffelpüreh

Samstag, 25. 2.

Halli hallo, Tagebuch!

Heute früh bin ich um halb fünf aufgestanden, um das Fest für heute Abend vorzubereiten. Ich fühlte mich, als müsste ich einen geheimen Spionageauftrag übernehmen. Als Erstes zählte ich die Gäste. Wenn meine Berechnungen stimmen, kommen fünfzehn Stück. Ist das wohl eine Unglückszahl? Hoffentlich werden nicht zwei davon krank.

Denn dann sind wir nämlich dreizehn. Und das ist auf jeden Fall die totale Unglückszahl. Der einzige Gast, der eventuell krank werden darf, ist Nadja. Das meine ich ehrlich, hab mich nicht verschrieben, liebes Tagebuch. Gestern rief ich sie an und erinnerte sie an mein Fest. Sie sagte, dass sie vielleicht kommt. Das hängt davon ab. Sie sagte nicht, wovon, nur, dass es «davon abhängt».

«Dann häng's doch einfach ab und komm her», versuchte ich zu scherzen.

«Das find ich gar nicht komisch», sagte Nadja und legte auf.

Mama half mir, eine Sandwichtorte zu machen. Ich durfte selbst bestimmen, was darauf sein sollte.

«Käsestangen, Gummibärchen, Eis, Hühnchen», bestimmte ich. Danach durfte ich doch nicht selbst bestimmen, was darauf kommen sollte.

«Was wollt ihr dazu trinken?», fragt Papa.

«Schnaps», sagte ich lachend.

Da holte Papa eine Flasche Wiski hervor und wollte mir einschenken. Ich schloss mich in meinem Zimmer ein.

Alles okeh – Kartoffelpüreh

Sonntag, 26. 2.

Halli hallo, Tagebuch!

O Mannomannomannomann, das war vielleicht eine Fete! Jetzt steht es in den Sternen und im Tagebuch geschrieben, dass es ein megastarkes Happening war. Gleich als alle gekommen waren, ging es los.

Nadja kam nicht. Ich fühlte mich den ganzen Abend frei wie ein Vogel.

Erik blamierte sich sofort in der ersten Minute. Er hatte ir-

gendwo mitgekriegt, dass man zur Begrüßung einen Hand-
kuss gibt, und küsste mir die Hand.

Als alle fertig gewiehert hatten, gingen wir ins Wohnzimmer oder in den Salon, wie ich es nannte. Natürlich hatte
Torleif seine ewige Blockflöte dabei. Mama sperrte sie im
Kühlschrank ein. Und im Kühlschrank ist die Blockflöte
geplatzt. Alle jubelten, nur Torleif nicht und Mama auch
nicht, weil sie ja die Blockflöte bezahlen muss.

Benny schaffte es, die festliche Stimmung zu trüben, als er
sich an einer Käsestange verschluckte. Danach hat er den
ganzen Abend sehr störend herumgehustet. Louise hatte
einen mini-mini Minirock an. Womit sie offensichtlich
nicht gerechnet hatte, war, dass der Rock so eng war, dass
sie sich nicht damit hinsetzen konnte. Sie musste sich bis
spätabends an die Standuhr lehnen. Wir haben Louise die
ganze Zeit gefragt, wie spät es ist. Nach dreieinhalb Stunden hatte sie die Schnauze voll und ging nach Hause.

Wir futterten wie die Wilden und tanzten wie die Irren und
es war überhaupt eine Wahnsinnsstimmung. Arne versuchte, mit Lisa zu knutschen, was aber schief ging, und
Björna forderte Mama zum Tanzen auf. Der hat echt 'nen
Sprung in der Schüssel!

Alles okeh – Kartoffelpüreh

Donnerstag, 2. 3.

Halli hallo, Tagebuch!

Hiermit möchte ich über den Tag berichten, als Bert Ljung in den Verein der Junggesellen zurückkehrte. Gestern kam ich um 19.12 Uhr in Fräulein Nadja Nilssons Residenz an. Um 19.13 Uhr betrat ich ihr Zimmer. Um 19.14 Uhr machte ich Schluss. Um 19.14,30 Uhr rannte ich raus und sprang auf mein Fahrrad. Um 19.14,38 Uhr sah ich drei Backsteine hinter mir durch die Luft segeln. Um 19.19,25 Uhr hatte ich die 4,2 Kilometer nach Hause radelnderweise zurückgelegt.

Ergebnis: Innerhalb von 7 blanken Minuten und 25 Sekunden vom festen Verhältnis zurück ins Junggesellenleben. Das bedeutet 25 Sekunden mehr als geplant. Bei der Brücke hat mein Fahrrad kurz gestreikt, daher die Verzögerung.

Jetzt hab ich keine Nadja mehr. Das ist irgendwie … ein ganz leeres Gefühl. 8 Monate, 3 Wochen und 6 Tage waren wir ein Paar. So lange hab ich's noch nie mit jemandem ausgehalten. Nur mit Mama und Papa. Und mit meinem Hamster, den ich vor vier Jahren mal hatte und der ein tragisches Ende fand, als ich zufällig auf ihn trat. Aber auf Nadja will ich nicht treten. Weder innen noch außen. Darum hab ich Schluss gemacht. Bevor die Gefühle ein tragisches Ende nehmen.

Alles okeh – Kartoffelpüreh

Sonntag, 5. 3.

Halli hallo, Tagebuch!
Der Junggeselle Bert Ljung ist in Junggesellengeschäften
unterwegs gewesen. Er hielt sich in der Nähe eines schönen
Mädchens auf. Einzig und allein ein Mietshaus und ein
Spielplatz trennten ihn von ihr. Ich schreibe über Paulina
und schon erglüht mein Stift. Paulina ist der schönste Name
auf der Welt. Vorige Woche war ich noch nicht der Meinung,
aber jetzt bin ich davon überzeugt. Ich wusste, dass Paulina
irgendwo in diesem Mietshaus wohnt, aber nicht, in welcher Wohnung. Das bringt gewisse Probleme mit sich. Ich
klopfte an ein Fenster.
«Trallitrallala», trällerte ich romantisch.
Da tauchte ein Schnurrbart vor mir auf.
«Was zum Teufel ...», hörte ich jemand brüllen. Ich ging
davon aus, dass es nicht Paulina war, und verließ die Gegend. Ob sich wohl schon herumgesprochen hat, dass ich
Junggeselle bin? Eigentlich müsste es inzwischen die ganze
Stadt wissen. Arne hatte nämlich die große Freundlichkeit,
gestern den Lokalsender anzurufen und ihn auf eine sensa-
tionelle Neuigkeit aufmerksam zu machen. Unglücklicher-
weise wurde er in eine Direktübertragung eingeschaltet, wo
er mitteilte, dass Bert Ljung vom Klosterweg 18 wieder
Junggeselle ist. Dann wünschte er sich «Are you lonesome
tonight» von Elvis Presley.

Alles okeh – Kartoffelpüreh

Dienstag, 7. März

Halli hallo, Tagebuch!

Gestern hat die Schule also wieder angefangen. Alle in der Klasse sahen genauso aus wie vorher. Björna war der Einzige, der sich ein bisschen verändert hat. Er hatte einen Gipsarm und ein Gipsbein. Das kam daher, weil er auf den höchsten Alpengipfeln Ski gefahren und in eine Schlucht gestürzt war. Wie durch ein Wunder war es ihm gelungen, sich an den Ast eines Baumes zu klammern und sich drei Stunden dort festzuhalten, bis die Rettungsmannschaft kam. Alle Jungs keuchten beeindruckt, als sie von Björnas Heldentat erfuhren.

Dann erzählte Lisa, die im selben Haus wohnt wie Björna, dass sie Björna weinend im Treppenhaus gefunden hatte. Er war auf der Treppe über einen Stiefel gestolpert und zwei Stockwerke runtergefallen und hatte sich so den Arm und das Bein gebrochen. Da ließen wir Björna und seine Schmerzen sitzen.

In der ersten Stunde erinnerte uns unsere Lehrerin an den letzten Ablieferungstermin für die Wahl für die Siebte. Das heißt, man braucht keine Partei zu wählen, die Sozis oder so. Man muss ganz einfach wählen, was man sich für die Zukunft wünscht. Man kann zwischen Wirtschaftskunde, praktischem Alltagswissen, Handwerk und Werken, Medien, Deutsch und Französisch wählen. Schade, dass man nicht eine ewige Pause wählen kann.

Alles okeh – Kartoffelpüreh

Donnerstag, 16. März

Halli hallo, Tagebuch!
Ich und meine gespaltene Zunge. Vorgestern hab ich vor
Paulina damit angegeben, dass ich einen niedlichen Welpen
habe. Gestern versuchte ich meine Eltern dazu zu überre-
den, sich einen Hund anzuschaffen.
«Du weißt doch, dass ich allergisch bin. Wir können keine
Pelztiere haben», sagte Mama.
«Es gibt doch chinesische Nackthunde ohne Fell», ver-
suchte ich sie zu überzeugen.
«Igitt, die sehen doch aus wie gerupfte Hühner», ächzte
Papa.
Ich schlug vor, dass man dem Hund einen Kunstpelz kau-
fen könnte, und den konnte man ihm dann jedes Mal über-
werfen, wenn Mama und Papa ihn angucken wollten.
Mein Vorschlag wurde mit überwältigender Mehrheit abge-
lehnt. Dann ging ich in mein Zimmer und überlegte. Zuerst
dachte ich an einen ausgestopften Pudel mit Batteriemotor.
Aber darauf würde Paulina niemals reinfallen. Nach einer
Weile hatte ich eine geniale Idee. Erik hat einen Dackel.
Wenn man den ein bisschen flott aufmotzt, kann man ihn
bestimmt in einen Pudel verwandeln. Dann kann ich mit
Erik den Platz wechseln und den stolzen Hundebesitzer
spielen. Und dann kann Paulina zu Besuch kommen.

Alles okeh – Kartoffelpüreh

Montag, 20. März

Halli hallo, Tagebuch!
Heute beginnt der Tag die Nacht zu besiegen. Der Frühling
hält den Winter mit eisernem Griff gepackt. Heute ist
Frühlingsanfang. Tag und Nacht sind gleich lang. Und die
Osterferien fangen heute an! Der Frühling weckt die poe-
tische Ader. Hier ein Frühlingsgedicht:

> Der Frühling ist hier, der feine.
> Paulina, die hat leckere Beine.
> Auf sie werf ich keine Steine,
> fang sie lieber mit der Leine
> und küsse sie den ganzen Tag.

Dieses Gedicht hab ich in einem romantischen Moment geschrieben. Romantische Momente stellen sich gerne ein,
wenn man mit nichts anderem beschäftigt ist.
Morgen kommt Paulina zu Besuch. Sie will «meinen Welpen» angucken, das heißt Eriks Hund. Aber vorher müssen wir Eriks Dackel in einen Pudel verwandeln. Wir haben
schon überlegt, ob wir ihn in die Waschmaschinenschleuder
stecken sollen.

Alles okeh – Kartoffelpüreh

Mittwoch, 22. März

Halli hallo, Tagebuch!

Ich hab mich so wahnsinnig blamiert, dass ich immer noch knallrot werd, wenn ich daran denke.

Um 17.15 Uhr begannen Erik und ich, Eriks Dackel in einen Pudel zu verwandeln. Wir rieben den Hund mit Haarfestiger ein und machten dann mit der Brennschere Locken in sein Fell.

«Komischer Pudelwelpe», sagte Erik, als er seinen fünfjährigen Dackel ansah.

«Ich werde Paulina erklären, dass das arme Tier die Gurkengrippe hat und einem Dackel daher immer ähnlicher wird.»

Paulina kam wie ausgemacht geradewegs in Eriks Zimmer. Wir glaubten schon, unser Plan hätte geklappt.

Da sagte sie:

«Das ist doch kein Pudelwelpe. Das ist ein fünfjähriger Dackel, dem ihr mit der Brennschere Locken gemacht habt. Und was machst du überhaupt hier bei Erik, Bert? Du wohnst doch im Klosterweg 18 im zweiten Stock. Tschüs.»

Und da stand ich wie ein begossener Pudel mit einer vier Meter langen Nase.

Nix ist okeh – Leberpüreh

Sonntag, 2. April •

Halli hallo, Tagebuch!

Jesses! Herrjemine! Du lieber Himmel! Gestern war ich in der Ballettschule meiner Tante Lena. Nicht auszudenken, wenn jemand erfahren sollte, dass Bert Ljung sich in einer Ballettschule aufgehalten hat. Die Leute würden sich ja nicht mehr einkriegen vor Lachen.

Ich hatte mir vorgestellt, dass mich tanzende Tanten und ältere Herren in Trikots belagern würden. Aber Jesses, herrjemine, du lieber Himmel, da hatte ich mich vielleicht getäuscht! Die Ballettschule war gespickt voll mit leckeren Bienen *aller* Altersklassen.

«Das hier ist mein Neffe Bert», stellte Tante Lena mich vor. «Ich will versuchen, ihn dazu zu überreden, bei uns mitzutanzen.»

Was! Das Entsetzen packte meinen Rücken mit eisiger Hand. Wollte sie etwa eine Tanztunte aus mir machen? Tante Lena hatte einen Hintergedanken gehabt, als sie mich eingeladen hatte.

«Vielleicht können wir dir beim Überreden helfen», kicherte eine echt scharfe Mieze mit halblangen Kräuselhaaren.

«Hähähä», antwortete ich cool.

Unter keinen Umständen wollte ich eine Tanztunte werden. Da hörte ich hinter mir eine Stimme.

«Hallo, Bert. Bist du auch hier?»

Ich drehte mich um. Es war Paulina! Paulina geht in Tante Lenas Ballettschule.

Ich überlege, ob ich mir morgen Tanztrikots kaufen und

mich trotz allem in eine Leberwurst verwandeln soll. Vor allem, wenn Paulina sich in ein niedliches Cocktailwürstchen verwandelt.

Hier folgt eine ganz und gar objektive Beschreibung von Paulina Hlinka. Sie ist das hübscheste Mädchen im ganzen Universum und in sämtlichen Galaxien. Sie hat dunkelbraune, wunderbare, halblange, seidenglänzende Haare, pechschwarze Funkelaugen aus Diamant, die wie Laserstrahlen brennen, und einen Mund, der aus sämtlichen Früchten der Welt gemacht zu sein scheint. Sie hat einen unvergleichlich göttlichen Körper, der in jeder Hinsicht zu meinem passt. Sie ist gerecht und klug und niemals böse. Das Allerbeste an ihr ist, dass man in ihrer Gegenwart immer glücklich ist. Ende der objektiven Beschreibung von Paulina Hlinka, 13 Jahre. Jetzt kommt der subjektive Teil:
Sie ist die Beste auf der ganzen Welt.

Alles okeh – Kartoffelpüreh

Sonntag, 9. April

Halli hallo, Tagebuch!
Freitagabend teilte ich meinen Eltern mit munterer Stimme die frohe Botschaft mit, dass in unserem Haus kulturelle Aktivitäten stattfinden werden.
«Aha, du hast vor, Bilder zu malen», sagte Papa erwartungsvoll.

«Nein, unsere Rockband HEMAN HUNTERS wird im Keller üben.»

Mein Alter Herr verstummte. Dann wurde er erst weiß, dann grau, dann rosa und schließlich puterrot. Er brüllte: «WAS ZUM TEUFEL HAST DU GETAN?!? WILLST DU, DASS MAN UNS AUF DIE STRASSE SETZT?!?!»

Ich versuchte, meinem Alten zu erklären, dass meine gesellschaftliche Stellung auf dem Spiel steht. Er weigerte sich, das zu verstehen, und wollte mich zur Adoption freigeben. Da sagte ich, dass ich aus der Band fliege, wenn ich nicht für einen Übungsraum sorge, und dass die Musik mich von der Bahn des Verbrechens fern hält. Ich erklärte ihm, dass er mich demnächst laufend aus der Stadt wird abholen müssen, weil ich völlig zu bin, von Benzin oder Alkohol oder was auch immer. Da grunzte er, dass wir vorläufig im Keller üben dürfen, bis wir was anderes gefunden haben. Meine Zukunft ist gerettet. Ich brauche weder Benzin noch Alkohol.

Alles okeh – Kartoffelpüreh

Mittwoch, 19. April

Halli hallo, Tagebuch!

Meine Zeit als Schwerarbeiter ist beendet. Ich habe meine Pflicht als schwedischer Staatsbürger erfüllt, habe mit anderen Worten bei «Kurres Benzin und Zubehör» meine PBO-

Zeit abgeleistet. Die Arbeit war schwierig und anspruchsvoll. Kurre und ich tranken Kaffee, dann tranken wir nochmal Kaffee und danach nochmal. Dann machten wir Pause. Es war anstrengend, so viel Kaffee zu trinken. Ich bekam Dünnpfiff und verbrachte die ganze Pause (30 Minuten) auf der Toilette. Weil ich die ganze Pause auf der Toilette verbracht hatte, hatte ich ja keine Pause. Kurre fand, dass ich nach der Pause eine Pause verdient hatte, um mich ein bisschen zu erholen, während er an einem Auto herumschraubte.

Nach der Pause war dann schweißtreibende Kinderarbeit an der Reihe. Ich musste die Schraubenzieher im Regal zählen.

Anschließend erhielt ich einen verantwortungsvollen und sehr anstrengenden Auftrag: Zündkerzen sortieren.

Einmal hätt ich fast in der Waschanlage mithelfen dürfen. Da war ein Fiat in der linken Waschwalze stecken geblieben, aber Kurre hat es dann doch allein geschafft. Ich musste draußen stehen bleiben und die Nase an die Fensterscheibe pressen und reinglotzen. Dann war wieder Pause. Jetzt hör ich lieber auf mit Schreiben. Muss meine Schwielen an den Händen zählen.

Alles okeh – Kartoffelpüreh

Donnerstag, 20. April

Halli hallo, Tagebuch!

Fortsetzung des Berichtes über meinen anstrengenden PBO-Tag bei «Kurres Benzin und Zubehör». Nach der Mittagspause war ich 20 Minuten lang allein in der Tankstelle.

«In zwanzig Minuten kann ja nicht allzu viel passieren», sagte Kurre, bevor er ging.

Konnte es aber doch.

Ereignis Nr. 1: Aus Versehen drückte ich auf den verkehrten Kassenknopf, sodass die Kasse versperrt blieb. Die Kunden mussten mir jedes Mal passendes Geld geben.

Ereignis Nr. 2: Ein Typ wurde stinkwütend, weil er zehn passende Kronen für zwei Kaugummis zahlen musste. Er schmetterte mir die Kaugummis an den Kopf, worauf ich mich ducken musste. Was wiederum zu Ereignis Nr. 3 führte.

Ereignis Nr. 3: Als ich mich duckte, um der Kaugummiattacke auszuweichen, rutschte ich aus und knallte mit dem Kopf an den Auslöser der Sprinkleranlage in der Werkstatt. Worauf die Reparaturautos im Dauerregen stehen mussten.

Schließlich *Ereignis Nr. 4*: Ein Mann kam rein und wollte ein Auto mieten.

«Geht in Ordnung», sagte ich. «Nehmen Sie den gelben Saab da draußen.»

«Danke», sagte der Mann und fuhr davon.

«Was hast du mit meinem Auto gemacht, du Bengel», wollte eine dicke Frau wissen.

Da erkannte ich meinen Irrtum. Ich hatte das Auto einer Kundin vermietet.

Dann kam Kurre zurück. Als er aufgehört hatte zu weinen, durfte ich meinen Arbeitstag beenden. Ich fragte, ob ich nächstes Jahr zurückkommen darf. Darauf gab Kurre mir keine Antwort.

Alles okeh – Kartoffelpüreh

Donnerstag, 27. April

Halli hallo, Tagebuch!

Bald ist wieder Wochenende. Am Wochenende wollen die HEMAN HUNTERS zum ersten Mal im neuen Probenraum in unserem Keller üben.

Gestern haben wir unsere elektrische Ausrüstung und das Tamburin runtertransportiert. Bedauerlicherweise hatte ich solche Fingerschmerzen, dass ich mich mit dem Tamburin begnügen musste. Unsere Aktivitäten wurden von sämtlichen Hausbewohnern zur Kenntnis genommen. Tante Andersson bekreuzigte sich, und Olle Collin stand auf dem Balkon und rief «Yeah, yeah» und bewarf uns mit einer halb geschälten Zwiebel, um uns seinen Respekt und seine tiefe Wertschätzung zu zeigen. Die Familie Panatta stand am Fenster und starrte mit tellergroßen Augen auf uns runter. Torleif flüsterte ängstlich:

«Die sehen so hungrig aus. Pass auf, dass die unsere Sachen nicht aufessen.»

Als wir die Trommeln runtertrugen, begegneten wir Lennart Jönsson. Er fragte, ob er unsere Fotoausrüstung mal ausprobieren darf. Ich erklärte, dass das Trommeln sind.
«Aha, und welche Automarke hat solche Bremstrommeln?»
Wir nahmen an, dass Lennart einen Witz machte, und lachten höflich.
Der alte Björkman stand am Fenster und glotzte stinksauer zu uns raus. Da probierte Erik einen Muntermachertrick an ihm aus. Er zeigte Herrn Björkman den Hintern.

Alles okeh – Kartoffelpüreh

Samstag, 29. April

Halli hallo, Tagebuch!
Heute Nacht werde ich mein Bett garantiert auf dem Lokus aufstellen müssen, bei dem Dünnpfiff! Gerade jetzt hocke ich auf dem Lokus und schreibe. Es ist fünf vor acht und ich habe schon meinen neunzehnten Lokusbesuch hinter mir. Mein Hintern ist inzwischen so wund, dass ich ihn unter die Dusche halten muss, wenn ich fertig bin, anstatt ihn mit rauem Papier abzuwischen. Nein, Tagebuch, ich habe keine Darmgrippe, ich habe nur meinen Körper an eine Tanzvorführung verhökert. Tante Lena rief mich gestern an und nervte mich schon wieder damit, dass sie mich in ihrer Tanzgruppe haben will.
«Aber natürlich nur, wenn du es wirklich willst», drängte sie.

Fast hätte ich schon Nein gesagt, als meine Zunge revoltierte und meinen Mund dazu zwang, Folgendes zu sagen:

«JAAA! Find ich riesig!»

Heilige Mutter Gottes, warum sage ich solche Sachen, die ich gar nicht meine. Hilf einem armen popowunden Nervenbündel, das bald in eine Tanztunte verwandelt werden wird, um dann mit hundertprozentiger Sicherheit von sämtlichen Jungs verarscht zu werden. Allerdings – dafür hab ich die Möglichkeit, leicht bekleidete Mädchen zu betrachten, ohne eine geschmiert zu kriegen. In der Oberstufe werd ich garantiert ein Ass in Biologie. Vor allem, wenn es um den Körper der Frau geht.

Alles okeh – Kartoffelpüreh

Dienstag, 2. Mai

Halli hallo, Tagebuch!

Seid gegrüßt, Kameraden! Wir haben an der 1.-Mai-Demonstration teilgenommen. Unsere Rockband HEMAN HUNTERS hat sich mit eigenen Plakaten in den Demonstrationszug reingeschmuggelt. Wir fielen überhaupt nicht auf, passten bestens in unsere Umgebung.

Unsere Forderungen: Mehr Rockauftritte fürs Volk!

Schluss mit der Schule! Und: Fördert die alternative Walddüngung! Diese letzte Forderung war Torleifs Vorschlag. Keiner von uns hat kapiert, was er eigentlich damit meint.

Daher musste Torleif zwei Meter hinter uns marschieren und so tun, als wäre er ein Fremder. Arne musste auch hinter uns demonstrieren. Er trug ein fünf Meter hohes Plakat mit der Forderung: Stoppt die Wurmquälerei – Angler angeln mit Avocados.

Eine Sache an der Demo fand ich komisch. Die Leute sahen alle so fröhlich aus. Das gehört sich doch nicht. Wenn man demonstriert, muss man zornig und arm sein. Das war aber überhaupt nicht der Fall. Ich hab eine Menge fetter Demonstranten gesehen, die sehr gut angezogen waren.

Als wir *Auf zum Kampf, Kameraden* singen wollten, sangen wir *Lauter Krampf und Kuhfladen*, weil wir den Text nicht konnten. Da wurden wir entdeckt und davongejagt.

Alles okeh – Kartoffelpüreh

Sonntag, 7. Mai

Halli hallo, Tagebuch!
Niemand hat mich gesehen. Ich kann es beschwören. Das hier wird also nicht an die Öffentlichkeit kommen. Gestern wurde ich gefoltert. Das heißt, ich hab zum ersten Mal mit Tante Lenas Tanzgruppe geprobt. Die Gruppe bestand aus mir und zwölf Weibern. Eins dieser Weiber ist zufällig das hinreißendste Geschöpf der Welt. Paulina Hlinka aus der 6 B. Mein Herz raste vor Entzücken, mein Hirn löste sich auf und meine Hände badeten in Schweiß, als ich Paulina

gleich zu Anfang hochheben sollte. Ich war anmutig und geschmeidig wie ein Elch.

Als die leicht bekleidete schöne Paulina in meine Arme springen sollte, verwandelten sich meine Hände in Schweißfabriken. Meine klitschnassen Briketts rutschten ab und ließen Paulina auf den Boden plumpsen. Sie fiel schwer wie ein Kartoffelsack. O welch ein Elend!

Mein Leben hatte seinen Sinn verloren, und ich überlegte, ob ich nicht lieber gleich in die Dusche rausschleichen und meine Lungen mit Wasser füllen sollte.

Paulina behauptete, es hätte ihr gar nichts ausgemacht. Sie hätte sich nur den Rücken ein bisschen wehgetan, also bot ich an, ihr den Rücken zu massieren.

«Ha, ha, ha», feixten die übrigen Weiber. «Willst sie wohl drücken, was»?

«Nein, lieber mich verdrücken», sagte ich schnell und verzog mich zur Dusche.

Nix ist okeh – Leberpüreh

Sonntag, 14. Mai

Halli hallo, Tagebuch!

Heute ist Sonntag. Eigentlich sollte ich jetzt schlafen, aber ich muss dir, liebes Tagebuch, erzählen, was am Freitag in unserer Disco noch alles passierte, nachdem das Publikum den HEMAN HUNTERS ihr Menschenrecht verweigert hatte, Rockän'roll zu spielen. Wir fünf hingen erst mal ein paar Minuten deprimiert in der Gegend herum, dann war es an der Zeit, Bräute aufzureißen. Erik hatte einen echten Leckerbissen mit Pferdeschwanz erspechtet. Er stakste hin und fragte, ob sie tanzen wolle.

«Verpiss dich!», antwortete eine Stimmbruchstimme.

Der Leckerbissen war ein Junge. Jetzt wagte niemand mehr, mit Erik zu verkehren. Ich selbst war nur an einer einzigen Sache interessiert. Vielleicht nicht direkt an einer Sache, sondern an einem Mädchen, PAULINA!!! Schon von Anfang an hing etwas *Bedrohliches* in der Luft. Während ich in meiner Ecke stand und Popcorn zu verkaufen versuchte, machte Paulina mir schöne Augen und zwinkerte mir zu. Ich brodelte vor Liebe. Paulina beugte sich zu mir vor, ich kapierte den Fingerzeig sofort und nahm eine perfekte Kusshaltung ein. Da sagte Paulina:

«Mensch, schmeiß doch dieses scheußliche Popcornzeug weg! Ich bin allergisch gegen Popcorn und krieg davon trockene Augen und muss dauernd zwinkern.»

Mein nach Romantik schmachtender Körper erlitt einen Kollaps. Ich wurde so schwach, dass ich mich unter der Discoanlage hinlegen musste, bis wir dichtmachten.

Alles okeh – Popcornpüreh

Samstag, 27. Mai

Halli hallo, Tagebuch!

Du führst ein lebensgefährliches Dasein, mein liebes Tagebuch. Ich habe dich deinem vertrauten Zuhause entrissen. Jetzt hocke ich im Schullandheim auf dem Scheißhaus und schreibe heimlich Tagebuch. Hier auf dem Lokus riecht es geradezu himmlisch im Vergleich zu unserer Bude.

Wir sind vier Mann in der Bude – ich, Arne, Erik und leider auch Björna. Als wir gestern ankamen, ahnten wir noch nicht, was für eine Katastrophe uns bevorstand. Björna hat Schweißfüße. Seine Füße produzieren unendliche Mengen stinkender Säure. Sie sondern so viel Giftschweiß ab, dass man meinen könnte, er hätte Schuhgröße 54. Wir müssen pausenlos lüften. Heute Nacht hatten wir nur zwei Grad im Zimmer. Arne wäre fast erfroren und war kurz davor, einen hysterischen Anfall zu bekommen. Er wollte Björna sämtliche Zehen abschneiden und sie in die Natur rauswerfen. Da erklärte ich, dass so was kostspielig werden kann. Wehe, man wird erwischt, wenn man die Umwelt verschmutzt! Björna musste während der restlichen Nacht seine Füße aus dem Fenster hängen. Das half ein bisschen.

Das Schlimmste ist eigentlich nicht der Duft, sondern der Nebeneffekt. Die Mädchen weigern sich, unsere Bude zu besuchen. Sie behaupten, lieber würden sie in einer Güllegrube baden.

Alles okeh – Kartoffelpüreh

Sonntag, 28. Mai

Halli hallo, Tagebuch!
Mein Herz macht eine Stimulanztherapie, von flauschigen
Feigenblättern umwickelt. Ich bin verliebt!
Gestern Abend ist es passiert. Mit meiner Reisetasche in
der Hand durchstreifte ich die Wildnis, auf der Flucht vor
Björnas Schweißfüßen. Ich war heimatlos. Gestern Vormittag erlitt meine Nase einen totalen Kollaps. Also packte ich
meine Tasche und verließ die Bude, die ich mit Arne, Erik
und dem Luftverpester teilte.
Als ich durchs Schullandheim wanderte, um mich über die
allgemeine Lage zu informieren, traf ich Paulina. Sie sagte,
die anderen hätten unten am See Würstchen gegrillt. Ich
hatte den Grillgeruch überhaupt nicht wahrgenommen und
begriff sofort, dass meine Nase gelähmt war. Paulina fragte,
ob ich einen kleinen Spaziergang mit ihr machen wollte.
Erst wollten acht Zehntel von mir es nicht, doch dann wollte
ich für den Rest meines Lebens nichts anderes mehr tun.
Wir kamen an einem stillgelegten Schwofplatz vorbei, der
mich an Tante Lenas Tanzinstitut erinnerte. Mir wurde so
schwindlig und schlecht, dass ich mich an einen Baum lehnen musste. Und da ist es dann passiert.
Mir war kotzübel, und da kam Paulina von hinten ange-
schlichen und umarmte mich. Als ich mich geschockt umdrehte, küsste sie mich. Mit offenem Mund. Zunge an
Zunge. Ich flog hinauf in die Luft und sauste ein paar Mal
um die Erde. Dann küsste ich zurück.

Alles okeh – jucheh, jucheh!

Sonntag, 4. Juni

Halli hallo, Tagebuch!
Hier folgt der Bericht über meinen ersten Auftritt als
Tänzer:
Ich hatte mich optimal vorbereitet. Ausreichend Schlaf ist
eine grundlegende Voraussetzung für eine Premiere. Ich
schlief zwei bis drei Minuten. Die restliche Zeit verbrachte
mein Herz mit dem Versuch, meinen Körper zu verlassen,
um den Besitzer zu wechseln. Das Schlimmste an der Bal-
lettaufführung war nicht das Tanzen, sondern die Angst davor, erkannt zu werden.
Dieses Problem löste ich auf geschickte Weise. Ich setzte
eine Gorbi-Maske auf. Niemand in der Ballettgruppe
wusste etwas davon. Ich riskierte einen Mordszoff mit Tante
Lena und den übrigen Weibern. Paulina regte sich allerdings
überhaupt nicht auf, sie wurde weder wütend noch traurig.
Sie wurde überhaupt nichts. Sie blieb einfach auf dem Lokus
und kübelte vor Nervosität. Also musste ich mit meiner
Gorbi-Maske allein auf der Bühne stehen und mit den Armen herumfuchteln. Das sah dann wie eine politische Rede
aus. Das Publikum jubelte, und nach der Vorstellung kam
ein Typ von der Zeitung und wollte mich interviewen. Er
behauptete, meine Rolle hätte eine besonders überzeugende
politische und ideologische Botschaft gehabt.
«Was denn für eine Botschaft?», fragte ich. «Hab die Maske
doch bloß übergestülpt, damit mich niemand erkennt.»
Das Interview nahm ein rasches Ende.

Alles okeh – Kartoffelpüreh

Samstag, 10. Juni

Halli hallo, Tagebuch!
Eine Schulabschlussfeier könnte eine ganz nette Sache sein.
Aber natürlich nur, wenn man keinen Hornochsen wie
Arne in der Klasse hat. Er hatte in seiner Bank ein eigenes
Feuerwerk vorbereitet, das er in dem Moment abfeuerte,
als Frau Puttin uns schöne Ferien wünschte. Der Bankde-
ckel fing Feuer und die ganze Schule musste geräumt werden.
Frau Puttin machte Arne ordentlich zur Sau. Doch das half
nichts. Arne antwortete, das sei ihm alles Wurscht, er werde
ja sowieso versetzt. Da erzählte Frau Puttin ihm eine Sci-
ence-Fiction-Story über etwas, das sich Erziehungsanstalt
nennt. Arne entschuldigte sich und vergoss ein paar sym-
bolische Tränen, damit Frau Puttin ihm ein wenig mehr
Verständnis entgegenbrachte.
Einer von uns war völlig daneben und heulte von morgens
acht bis zehn vor elf, und das war Erik.
«Sei doch nicht so traurig, Erik», versuchten wir ihn zu
trösten. «In der Siebten sehen wir uns ja wieder.»
«Ist mir doch scheißegal», schniefte Erik. «Ich bin gar
nicht traurig. Ich bin nur allergisch.»
Dann berichtete Erik, dass er sich heute besonders hübsch
für Frau Puttin hatte machen wollen. Er hatte sich mit einer stark parfümierten Seife gewaschen, auf die er offensichtlich allergisch reagierte, als er Seife in die Augen bekam.
Auf dem Heimweg ist was Wunderbares passiert. Ich bin
Paulina begegnet. Die Fliederblüten sangen unser Lied.

Paulinas eisige Kälte war geschmolzen. Sie schlug vor, dass wir uns irgendwann in den Sommerferien treffen sollten. Was glaubst du wohl, was ich darauf geantwortet hab, Tagebuch?

Alles okeh – Kartoffelpüreh

Dienstag, 13. Juni

Halli hallo, Tagebuch!
Menschenskind, allmählich wird's öde. Jetzt hab ich bereits einen Tag lang aktive Sommerferien gehabt. Das Wochenende zählt ja nicht. In einem Monat mach ich mit meinen Eltern einen beinahe Gratisurlaub in New York und auf Jamaika.
Mir ist ein seltsames Gerücht zu Ohren gekommen. Alle Menschen auf Jamaika seien schwarz. Durch und durch schwarz, bis auf die Zähne und das Weiße im Auge. Vielleicht dürfen wir weißen Menschen überhaupt nicht auf Jamaika landen. Das Flugzeug muss dann auf der Landebahn kreisen, und alle Weißen müssen sich aufs Flugzeugdach legen und sonnen, bis sie braun genug für eine Landeerlaubnis sind.

Alles okeh – Kartoffelpüreh

Mittwoch, 14. Juni

Halli hallo, Tagebuch!
Ich denke an nackte Körper. Nicht an meinen eigenen,
nicht an nackte Brathähnchen, sondern an nackte Mädchen.
Ich kann nichts dafür, dass ich daran denke.
Ich hab versucht, an Kurzwarenläden, die afghanischen Wi-
derstandskämpfer und Raufasertapete zu denken. Das hilft
alles nichts. Ich komme nur immer wieder auf dasselbe zurück – nackte Mädchen. Mein Körper sehnt sich nach dem
Liebeshimmel, desgleichen sehnt sich auch mein Pimmel.
Und weißt du auch, warum mir lauter nackte Gedanken
durch die Gehirnwindungen flitzen, Tagebuch? Weil ich
heute Paulina treffen werde!!! Wir wollen schwimmen gehen. Da hast du den Anlass für meine Überlegungen. Ich
stelle mir vor, wie Paulina im Badeanzug aussieht. Und
ohne Badeanzug. Und je mehr ich daran denke, desto klarer
wird mir, dass ich ein Baderöckchen anziehen müsste und
keine eng anliegende Badehose, damit meine Gedanken
sich nicht durch den Stoff hindurch verraten.
Vorhin kam Mama herein und fragte, warum ich denn so
auf dem Schreibtisch herumsabbere und ob sie einen
Wischlappen holen soll. Da schrie ich:
«VERSCHWINDE!!! Siehst du denn nicht, dass ich allmählich ein Mann werde?»

Alles okeh – Badeanzugspüreh

Samstag, 24. Juni

Halli hallo, Tagebuch!
Gestern haben wir Mittsommer gefeiert. Es war ein sehr
gelungenes Fest. Ein kleines Beispiel: Onkel Jan und Tante
Åsa hauten sich bereits bei der Vorspeise. Meine Alte
heizte ihnen ein und bewarf Onkel Jan mit Senfhering. Da
hat Oma Mama enterbt und wollte mir Mamas Erbteil
übertragen. Ich hab den Dreh gleich kapiert und hab Jan
noch mit ein paar Anschovisfilets beworfen. Dann hab
ich's auf Mama geschoben, um mir das Erbe endgültig zu
sichern.
Später wurde es noch lustiger. Papa forderte die Mittsommerstange zum Tanz auf, und zwar so wild, dass die
Mittsommerstange umkippte. Papa trug eine schwere Ver-
stauchung am Zeh davon, die mit zwei Pfeifenreinigern
geschient werden musste. Ich machte einen ersten Probe-
schwumm und schluckte eine Menge kaltes Wasser.
«Hier hab ich wärmeres Wasser für dich!», rief Onkel Anders und füllte ein Schnapsgläschen.
Ich nippte daran und schrie vor Schmerz. Wie kann man so
dumm sein und Flüssigkeit trinken, die beinah radioaktiv
ist, dachte ich und nippte noch einmal. Oma saß schwer geschockt in der Hollywoodschaukel und las in ihrem Gesangbuch. Das fröhliche Treiben empörte sie zutiefst. Nach
einer Stunde hatte sie genug und fuhr mit dem Taxi 120 Kilometer nach Hause. Am liebsten hätte sie mich mitgenom-
men.
«Kinder sollten so etwas nicht mit ansehen müssen», sagte
sie aufgebracht.

Da rülpste ich ihr ein bisschen Schnaps ins Gesicht. Jetzt bin ich ebenfalls enterbt.

Alles okeh – Schnaps- und Anschovispüreh

Sonntag, 25. Juni

Halli hallo, Tagebuch!
Die ganze Verwandtschaft ist immer noch auf der Insel versammelt, außer Oma. Gestern hatten alle Anwesenden Schädelbrummen. Vor allem Papa, der nachts mit voller Wucht gegen die Scheißhauswand gerannt war.
Die Stimmung zwischen den Verwandten ist, milde ausgedrückt, angespannt. Seit dem Mittsommerabend sind alle miteinander verkracht. Aber so ist es jeden Mittsommer. Deshalb macht sich keiner von uns Sorgen.
Heute Morgen sah ich eine himmlische Erscheinung. Keinen Engel, sondern eine nackte Cousine. Cousine Sandra.
Sandra ist achtzehn und nahm nackt ein Morgenbad. Ich war unterwegs zum Klohäuschen, als ich sah, dass Sandra badete.
Plötzlich hatte ich es sehr eilig. Nicht aufs Klo, sondern ins Haus, um das Fernglas zu holen. Doch das war nirgends zu finden. Ich rannte wieder raus und kroch in ein Gebüsch direkt am Ufer, von wo aus ich Sandra heimlich beobachten wollte. Plötzlich hörte ich etwas im Nachbarbusch.

Eine Schlange!, dachte ich und sprang hoch. Da entdeckte ich meinen Alten Herrn. Er lag im Busch versteckt und starrte mit dem Fernglas zum See runter.

«Äh ... wirklich unglaublich, was für interessante Wasservögel es hier in der Gegend gibt.»

«Hast du Röteln?», fragte ich im Hinblick auf seine Gesichtsfarbe.

Anschließend gelang es mir, dank geschickter Verhandlungen mein Taschengeld zu erhöhen.

Alles okeh – Kartoffelpüreh

Dienstag, 27. Juni

Halli hallo, Tagebuch!

Gestern fand ich einen Brief unter der Fußmatte. Er war von Paulina. Sie hatte Folgendes geschrieben:

Wenn du Interesse hast, kannst du morgen, am Mittsommertag, zum kleinen Landesteg kommen.

Ich bekam Herzasthma. Meine Mandeln schwollen an und die Tränenkanäle wurden überschwemmt. Ich habe nicht gewusst, dass Paulina am Samstag auf mich gewartet hat! Und weil ich nicht gekommen bin, glaubt sie jetzt natürlich, dass ich kein Interesse an ihr hab! Vielleicht hat sie sich einen anderen Kerl geangelt und sofort geheiratet.

Dann werd ich es mir nie verzeihen, dass ich mit meiner bescheuerten Verwandtschaft auf einer bescheuerten Insel in einem bescheuerten Ferienhaus war. Alles ist jetzt sinnlos geworden. Am besten, ich streiche mein Zimmer grau und hänge schwarze Vorhänge auf. Dann kann kein Licht mehr reinkommen und ich sterbe an Lichtmangel.

Ich rief Arne an in der Hoffnung, von ihm getröstet zu werden. Er lachte und sagte, er könne meine Gefühle gut verstehen. Als ich mich aussprechen wollte, sagte er, er hätte keine Zeit mehr. Er hatte etwas Wichtigeres vor. Seine Zehennägel feilen.

Nix ist okeh – Leberpüreh

Sonntag, 9. Juli

Halli hallo, Tagebuch!

Heute geht's ab nach Amerika! Bin so nervös, dass ich kaum weiß, wie ich heiße. Ich glaube, ich heiße Ralf. Oder möglicherweise Madeleine. Heute Morgen hörte ich jemand diesen Namen rufen und antwortete mit einem leisen Ja. Da schrie mein Vater, dass er mit meiner Mutter reden wollte. Schlussfolgerung: Demnach heiße ich Ralf. Vorhin war ich startbereit – glaubte ich. Ich nahm meinen Koffer und ging ins Treppenhaus raus. Dort kamen mir Lennart und Anki Jönsson entgegen.

«Schicker Anzug», sagte Lennart.

«Danke», sagte ich und schaute auf die Anzughose runter.

Da war keine Anzughose. Da war nur ein hängender Pimmel. Ich hatte vergessen, mich anzuziehen. Mein ganzer Körper wechselte die Farbe.

«Na, so was», sagte Lennart. «Jetzt hast du ja plötzlich einen *roten* Anzug an. Das nenne ich einen raschen Kleiderwechsel.»

Eine ausgewachsene Katastrophe! Dabei muss ich an die gestrige Katastrophe denken. Ich war bei Erik und sah mir einen Videofilm an, um meine Reisenerven zu beruhigen. Der Film handelte von einem Flugzeugzusammenstoß.

«Du bist ein wahrer Freund, Erik», sagte ich. «Jetzt kann ich beruhigt nach Amerika fliegen und brauche kein bisschen nervös zu sein.»

Alles okeh – Kartoffelpüreh

Montag, 10. Juli

Halli hallo, Tagebuch!

Wow! War das eine Reise! Jetzt bin ich in New York. Eine Sache kapier ich einfach nicht. Ich kann immer noch fließend Schwedisch. Heute Morgen hab ich mich selbst getestet und eine Reihe schwieriger schwedischer Wörter ausgesprochen. Anfangs bekam ich einen leichten Schreck, weil es doch ziemlich englisch klang. Doch dann stellte sich heraus, dass es nur ein nicht ausgespuckter Rotzklumpen war.

Der Flug war unheimlich. Alle saßen nur da und warteten

darauf abzustürzen. Anfangs musste man angeschnallt sitzen, damit man nicht rauskonnte. Vermutlich reichten die Fallschirme nur für die Besatzung. Ich schnallte mich nicht an, um im Falle eines Falles einer langsamen Stewardess bei der Fallschirmverteilung zuvorzukommen.

Einmal hörte ich jemand von der Besatzung lachen. Da wusste ich es. Die Katastrophe bahnte sich bereits an. Ich fuhr hoch und stürzte nach vorn, um in das Cockpit vorzudringen und die Piloten zu warnen. Als ich die Tür aufriss, hockte ein Typ vor mir, der gerade schiss. Ich hatte eine unverriegelte Klotür aufgerissen.

Alles okeh – Kartoffelpüreh

Samstag, 15. Juli

Halli hallo, Tagebuch!

Jetzt bin ich auf Jamaika. Erstaunlicherweise sprechen die Leute hier Englisch. Nur eins kapier ich nicht. Die Jamaikaner müssen falsch informiert sein. Alle nennen mich «Buddy» anstatt Bert.

«What's up, Buddy», sagen sie.

«No, Bert», erkläre ich.

Die Flugreise gestern war echt komisch. Im Flugzeug saß ich neben einer dicken Tante, die einen irren Hut aufhatte. Sie sprach die ganze Zeit mit mir.

«Hröööhmm», sagte sie.

«Yes?», antwortete ich interessiert.

«Hroll?»

«Yes? What?»

So machten wir eine Zeit lang weiter. Ich verstand nicht, was sie sagte, lachte aber liebenswürdig über ihre vermeintlichen Scherze. Nach zwei Stunden ging mir auf, dass die Unterhaltung der Tante mit mir gar keine Unterhaltung war. Sie hatte nur Atemschwierigkeiten. Ich hab mich halb tot geschämt! Die arme Tante! Ich bat Papa, mit mir den Platz zu wechseln, aber er weigerte sich.

Urkomisch war auch die Landung. Niemand blieb auf seinem Platz sitzen, sondern alle rannten mit weit aufgerissenen Augen wie die Verrückten umher. Das war komischer als ein Film mit Dick und Doof. Als die Schau zu Ende war, klatschte ich begeistert Beifall, bis wir draußen bei der Passkontrolle waren.

Alles okeh – Kartoffelpüreh

Sonntag, 16. Juli

Halli hallo, Tagebuch!

Am liebsten wär ich jetzt ein Eiswürfel! Gestern lag ich den ganzen Tag am Strand. Heute liege ich den ganzen Tag in der Badewanne. Bin völlig verbrannt. Außerdem fängt Jamaika an, mich zu nerven, wegen der vielen Verkäufer, die einem echt komische Sachen andrehen wollen.

Gestern wurde ich von 500 000 Verkäufern überfallen, die mir hölzerne Kuhköpfe, jamaikanische Trommeln und

Golduhren aufschwatzen wollten. Papa war der Ansicht, es sei ein ausgezeichneter Kundendienst der internationalen Uhrenfirmen, ihre Verkäufer bis nach Jamaika zu schicken. Er kaufte eine goldene Uhr und wollte dafür eine Quittung und einen Garantieschein haben. Das fand der Verkäufer sehr witzig. Wir hörten ihn 4 Kilometer lang lachen.

Nach ungefähr zehn Minuten verschwanden die Zeiger an der Uhr. Papa versuchte den Verkäufer einzuholen, um ihm die Meinung zu sagen. Nach 15 Minuten kam er mit drei neuen Qualitätsuhren zurück. Heute Morgen war noch eine davon ganz. Papa wollte die Polizei einschalten, um sein Geld wiederzukriegen. Ich schlug ihm vor, sich lieber an den Kundendienst in Hütte Nr. 3 zu wenden, um seine Beschwerde über die Qualitätsuhren loszuwerden.

Alles okeh – Bananenpüreh

Dienstag, 25. Juli

Halli hallo, Tagebuch!

Alles ist wieder beim Alten. Nicht ein einziger Mückenschiss hat sich verändert. Papa arbeitet wieder und hat Bauchschmerzen und Mama liest Zeitschriften.

Als wir gestern unser Auto bei Oma abholten, vergaß Papa, dass in Schweden seit 1967 Rechtsverkehr gilt. Er mähte zwei Mopedfahrer in den Graben. Dann fegte er als echter Rennfahrerprofi davon.

Gestern rief ich Paulina an. Sie war nicht da. Dann rief ich Erik, Nicke, Benny und Björna, Torleif, Bengt-Göran, Anton und Pecka an. Kein Schwein war zu Hause. Da rief ich auf gut Glück irgendeine Nummer an und erzählte einem zweiunddreißigjährigen Schnapsbruder von meiner Jamaikareise.

Keine Ahnung, was ich heute anfangen soll. Hab mir schon überlegt, ob ich nackt durch die Stadt laufen soll, nur damit etwas passiert. Arne hat das einmal gemacht. Aber nichts passierte. Kein Mensch reagierte auf Arnes schrumpligen Körper. Alle glaubten, er hätte einen Regenmantel an. Noch ein halbes Jahr danach nannten wir ihn nur «Regenmantel-Arne».

Vielleicht könnte ich zu Oma fahren und alle ihre Bilder von der Wand abhängen und stattdessen Hardrock-Poster aufhängen – als Rache für das, was sie in meiner Abwesenheit mit meinem Zimmer angestellt hat.

Alles okeh – Kartoffelpüreh

Freitag, 4. August

Halli hallo, Tagebuch!
Heute bin ich krank. Sehr krank. Ich hab so Heimweh nach Paulina. Es kommt mir vor, als hätte ich seit 13 Jahren nicht mit ihr gesprochen. Vielleicht hab ich einen Hodenbruch oder Pimmelasthma. Seit einiger Zeit schwitze ich nachts und fühle mich sehr seltsam an Leib und Seele.

Ich bin pubertätspornographisch geworden. Ich denke nur an Sex. Alles, was ich tu, kommt mir irgendwie pornographisch vor.

Wenn ich Zimtschnecken esse, zum Beispiel, hab ich das Gefühl, Busen zu essen. Nicht Mamas natürlich, sondern Mädchenbusen. Und jeden Morgen wache ich mit einem muskelaktivierten Penis auf. Mit einem stahlharten Ständer. Dann versuche ich, ihn in seine normale Lage zurückzubiegen, aber das geht nicht. Er federt immer wieder zurück.

Ich kann mich nicht mehr in Unterhosen am Frühstückstisch zeigen und trage daher neuerdings einen weiten Morgenrock, damit sich die Muskeln dort unten in aller Ruhe entspannen können.

Und Mädchen, Mädchen, Mädchen – ich denke an nichts anderes. Das spezielle Mädchen, an das ich am meisten denke, hat schon sehr lange nichts mehr von sich hören lassen. Paulina! Ich habe zu Gott gebetet, dass sie ein Lebenszeichen von sich gibt. Hoffentlich ist der liebe Gott inzwischen aus dem Urlaub zurück. Wenn er sich nicht um mein schönes Gebet kümmert, werde ich aktiver Atheist und leugne seine Existenz.

Nix ist okeh – Leberpüreh

Samstag, 12. August

Halli hallo, Tagebuch!

Hurra! Hurra! Endlich bin ich happy. Gestern hab ich Paulina getroffen. Sie war genauso schön wie früher, ja, wenn überhaupt möglich, sogar noch schöner. Wir legten uns im Schlosspark auf den Rasen, sonnten uns und unterhielten uns über die siebte Klasse. Nur noch eine Woche, dann ist es so weit. Ich gestand, dass mir ziemlich mulmig sei, wegen der vielen Neuntklässler. Paulina dagegen sagte, dass sie sich auf die Siebte freut, und zwar gerade wegen der vielen Neuntklässler. Weil es da so viele gut aussehende Macker gibt! Ich schob betrübt die Unterlippe vor und zerrupfte eine Margerite. Doch dann sagte Paulina, in der Siebten gibt es auch ein paar ganz flotte Typen. Da versuchte ich, die Margerite zu reparieren.

«Tobias, zum Beispiel», sagte Paulina.

Da aß ich die Margerite auf.

«Ich hab bloß Spaß gemacht», sagte Paulina und strich mir über die Wange. Meine Haut entflammte und ich drehte mich lächelnd zu Paulina um, um ihren Blick zu suchen. Paulina machte gerade ihre Nägel sauber.

«Heehee», presste ich zwischen meinen erstarrt grinsenden Lippen hervor.

Paulina lächelte und fragte:

«Hast du schon mal eine Zahnspange gehabt?»

Ich erwachte aus meiner Verzauberung. Dann radelten wir in verschiedenen Richtungen nach Hause.

Alles okeh – Kartoffelpüreh

Mittwoch, 16. August

Halli hallo, Tagebuch!
Gestern war vielleicht was los, echt geil! Die ganze Clique
ist zum Schwimmen zum Nöckelsee gefahren. Arne hat
sich geweigert, ins Wasser zu gehen, obwohl das Wasser 26
Grad warm war. Er behauptete, davon könne man runzlig
werden und eine gebrauchte Haut bekommen. Alle lachten
ihn aus und warfen ihn mit den Kleidern ins Wasser.
Drei ganz Mutige badeten nackt. Die Mutigen waren ich,
Björna und Louise. Louise war schön wie am ersten Tag der
Schöpfung. Ich glupschte heimlich zu ihr rüber. Alles an ihr
wogte und wippte. Ich konnte nichts dafür. Die Mumie erwachte zum Leben. Der Wilde Bill erhob sich und blieb
oben. Ein Glück, dass ich im Wasser war. Nur Pech, dass
das Wasser so klar war.
Ich musste etwas unternehmen. Also schwamm ich mit zu-
sammengeklapptem Körper davon, um zu verhindern, dass
jemand den Wilden Bill entdeckte. Dann stellte ich mich ins
Schilf.
Das war ein ziemlich gutes Versteck. Für den Fall, dass der
Wilde Bill aus dem Wasser rausschaute, um Luft zu holen,
könnte man von weitem meinen, es handle sich um einen
ungewöhnlich dicken Schilfhalm oder um einen aufgerich-
teten Angelwurm. Dort im Schilf musste ich stehen und ab-
warten, bis die anderen abhauten und das dauerte zwei
Stunden und zwanzig Minuten. Als ich aus dem Wasser
kam, sah mein Körper aus wie eine zerknüllte Papiertüte.

Alles okeh – Kartoffelpüreh

Dienstag, 22. August

Halli hallo, Tagebuch!

Jetzt gibt's was zu erzählen! Gestern, gestern, GESTERN hab ich in der Siebten angefangen, in der Siebten, in der SIEBTEN!

Morgens wurden wir erst mal alle begrüßt. Das war stinklangweilig. Das Einzige, was Spaß machte, war, die neuen Gesichter zu checken, vor allem die der Weiber.

Und dass Arne ausgerechnet dann einschlief, als der Rektor seine Ansprache hielt. Diskret war er nicht gerade. Er schnarchte leise vor sich hin und schrie im Schlaf auf. Arne musste hinterher noch dableiben und sich beim Rektor entschuldigen. Er hatte keine Entschuldigung. Glückwunsch, Arne, zu dem gelungenen Einstieg in die Siebte. Jetzt wissen alle, wer du bist. Vor allem der Rektor.

Hab einen echt geilen Schrank für meinen Schulkram abgekriegt. Das Schloss glänzt sehr elegant, und ich fühle mich wie ein Bankdirektor, der seinen Geldschrank öffnet, wenn ich die Schranktür aufwerfe.

Allerdings muss ich aufpassen, dass ich sie nicht zu heftig aufwerfe, sonst krieg ich Trouble mit meinem linken Nachbarn.

Er wird der «Totengräber» genannt.

Als Erstes hat er seinen Schrank mit Kautabakdosen gefüllt. Die Bücher, die er nicht mehr im Schrank unterbringen konnte, schmiss er in den Papierkorb. Aber trotzdem kann ich froh und dankbar für meinen Schrank sein. Ich hätte genauso ein Pech haben können

wie Erik. Sein Schrank ist im Flur der Neuntklässler.
Ein paar von uns haben gewettet, wie lange er das über-
lebt. Ich tippe auf eine Woche.

Alles okeh – Kartoffelpüreh

Freitag, 25. August

Halli hallo, Tagebuch!
Unsere Klasse ist einem berüchtigten Lehrer ausgeliefert.
Er heißt Boris, wird aber Bananen-Boris genannt. Wir haben ihn in Chemie. Als Erstes ballerte er mit der Faust auf
den Tisch und erklärte, aus welchen Bestandteilen die Luft
bestehe. Dann fragte er freundlich, ob jemand von uns was
für Chemie übrig hat. Arne meldete sich und teilte mit, er
sei Experte für Experimente. Bananen-Boris starrte ihn
eine Weile an. Dann begann er uns mit Wasser aus einem
Wasserschlauch zu bespritzen. Alle wurden triefnass. Bananen-Boris brach in ein hysterisches Gelächter aus, das
zehn Sekunden dauerte, dann wurde er wütend und
brüllte:
«ICH bestimme hier! Der Experiment-Experte bin
ich!»
Die Klasse glotzte ihn verdattert an und Erik hätte fast ge-
flennt. Es gelang mir, die Gefahr abzuwenden, indem ich
Erik einen komischen Witz ins Ohr flüsterte. Björna wurde
stinksauer und wollte Bananen-Boris eins vor den Latz
knallen, weil er ihn nass gemacht hatte. Bananen-Boris

hörte gar nicht hin. Er hatte eine Formel an die Tafel geschrieben und versuchte, den Zusammenhang zwischen Wasser und Asphalt zu beweisen und zu erklären, warum die Autos im Winter in den Graben fahren.

Ich fürchte, dass wir in Zukunft viele Probleme mit Bananen-Boris haben werden.

Alles okeh – Kartoffelpüreh

Mittwoch, 30. August

Halli hallo, Tagebuch!
Mein Freund Erik kann einem echt Leid tun. Erstens, weil er seinen Schrank im Flur der Neuner hat. Und zweitens, weil er seit der Sechsten geschrumpft zu sein scheint. Erik will in die Sechste zurück. Er hat vor, dem Rektor ein Schreiben zu überreichen, in dem er erklärt, warum er versetzt werden will. Ich hab Erik geholfen, das Schreiben zu formulieren. Das hier ist das Ergebnis:

Antrag auf Versetzung des Schülers Erik Linstett.

Lieber Rektor. Ich will die sechste Klasse wiederholen. Hoffentlich lässt sich das machen.
Mit freundlichen Grüßen. Erik Linstett.

PS: Mein Freund Bert Ljung hat mir geholfen, dieses wichtige Dokument höflich zu formulieren. Ich bin der Ansicht, dass er daher bis ans Ende der neunten Klasse in allen Fächern eine Eins haben soll.

Meine wertvolle Hilfe rührte Erik zu Tränen.
Nachdem er sich fertig bedankt hatte, sah ich was Leckeres.
Das hübscheste Mädchen, das ich je gesehen habe. Ich glaube, sie geht in die Achte. Sie ist makellos, nur eins stört mich. Sie raucht. Hab noch nie eine Raucherin geküsst.

Alles okeh – Kartoffelpüreh

Samstag, 2. September

Halli hallo, Tagebuch!
In der Schule hat ein Verbrechen stattgefunden. Eriks Schrank ist abgebrannt. Erik hat geheult wie ein Schlosshund, als er es uns erzählte. Er glaubt, dass es einer der Neuntklässler war, weil sein Schrank doch in ihrem Korridor steht. Bisher hat niemand das Verbrechen gestanden, also wird der Rektor eine Kommission zur Erforschung der Brandursache einsetzen.
Arne hat schon sein Interesse bekundet, als freiwilliger Spion mitzuwirken. Er hat dem Rektor ein Spiondiplom überreicht, ausgestellt vom Oberpolizeispion von van Knopp. Arne kriegt nämlich jedes Dokument hin, das er braucht. Der Rektor war der Ansicht, dass Arne sich lieber seinen Schulaufgaben und der Schülervertretung widmen soll.

«Da wär ich ja schön bescheuert», sagte Arne verbittert und ging von dannen.

Jetzt sammelt er Leute für eine eigene Polizeitruppe, die in der Schule Verbrechen aufklären soll. Er hat sogar schon zwei Neuntklässler gefragt. Der eine heißt Klas und hat ein schiefes Bein. Der andere kann kaum Schwedisch. Ich persönlich glaube zu wissen, wer der Täter ist. Der Totengräber. Als er seinen Schrank aufmachte, habe ich ein paar abgebrannte Streichhölzer im Fach gesehen. Wenn es tatsächlich der Totengräber sein sollte, halte ich lieber die Klappe!

Alles okeh – Kartoffelpüreh

Dienstag, 5. September

Halli hallo, Tagebuch!
Die Stimmung in der Schule ist geladen. Arne hat eine eigene Polizeitruppe gebildet. Fünf total inkompetente Schutzleute haben sich zum Dienst gemeldet. Alle fünf müssen Arne-Uniformen tragen und Arne möglichst ähnlich sehen. Laut Gesetz ist es Privatpersonen verboten, Uniform zu tragen. Aber Arne hat eine Bescheinigung von einem Regierungsheini namens von van Knopp vorgelegt, dass er und seine Polizeitruppe eine Ausnahmegenehmigung haben.

Arne ist zurzeit im Stress, weil er die Brandstiftung an Eriks Schrank aufklären will. Er sucht nach Fußspuren und misst mit einem Apparat die Luftfeuchtigkeit. Als ich wissen wollte, warum, erklärte er, dass Verbrecher sehr nervös sind, weil sie fürchten, geschnappt zu werden. Darum schwitzen sie heftig und dadurch entsteht um sie herum eine hohe Luftfeuchtigkeit.

Ich werde einen Zettel in Arnes Schrank legen und verraten, wer der tatsächliche Brandstifter ist – nämlich Paulinas Kavalier, der Totengräber. Erik schleppt neuerdings alle seine Schulbücher in einer Einkaufstasche mit sich herum. In den Pausen kann er nicht mehr mit uns zusammen sein. Er hockt auf einer Bank und bewacht seine Einkaufstasche. Noch drei Jahre und wir haben garantiert vergessen, wer Erik ist, weil er sich nie mehr blicken lässt.

Übrigens, Erik – wer soll das sein? Nie gehört.

Alles okeh – Kartoffelpüreh

Samstag, 9. September

Halli hallo, Tagebuch!
Das große Verbrechen ist aufgeklärt. Jetzt wissen alle, wer Eriks Schrank angezündet hat. Es war Erik. Heidiheida! Erik ist im Religionsunterricht zusammengebrochen. Um zehn vor neun fing die Religionsstunde an. Als Erik kam, sah er schon so aus, als wollte er gleich losheulen. Aber das ist an und für sich nicht ungewöhnlich. Erik heult oft. Das ist sein persönliches Hobby. Anders, unser Religionslehrer, sprach von den Zehn Geboten und er erwähnte auch, dass

man kein falsches Zeugnis ablegen soll. Da brach Erik zusammen und schrie los:

«Ich habe gesündigt!»

Und dann gestand er alles. Erik ist der Einzige aus der Siebten, der seinen Schrank im Flur der Neuntklässler hat. Und als ein paar Neuntklässler anfingen, ihn hungrig anzustarren, hat er seinen Schrank angezündet, um der lebensgefährlichen Lage zu entkommen. Er hat geglaubt, er würde einen neuen Schrank im Flur der Siebtklässler kriegen.

Erik musste zum Rektor und alles aufklären. Jetzt hat man beschlossen, dass er keinen neuen Schrank kriegt. Er muss seine Bücher weiterhin mit sich rumschleppen. Und dabei hatte ich doch geglaubt, der Totengräber sei der Brandstifter. Aber bestimmt hat er irgendwas anderes angezündet. Ein paar Hunde oder Kaufhäuser oder so.

Alles okeh – Kartoffelpüreh

Samstag, 16. September

Halli hallo, Tagebuch!

Ich muss mir dringend was einfallen lassen, um meine Schwedischlehrerin Elina davon zu überzeugen, dass ich kein Anhänger der Frauenbewegung bin. Gestern hat sie sich zwanzig Minuten lang energisch mit mir unterhalten. Sie schlug mir vor, dass ich in eine feministisch ausgerichtete Diskussionsgruppe über Gleichberechtigung eintreten soll. Meine Clique, lauter überzeugte Machos, hörte alles und wollte wissen, ob ich etwa ein Softi geworden bin. Darauf antwortete ich nicht, aber mir war klar, dass ich meine männlichen Interessen zeigen musste.

Nach dem Turnunterricht schlug ich vor, dass wir uns in den Mädchenumkleideraum schleichen, um die Weiber in ihrer ganzen Nacktheit zu bewundern. Wir versteckten uns in der Sauna. Das wurde eine heiße Sache. Ungefähr 94 Grad heiß. Aber die Weiber kamen nicht.

Nach einer Stunde und vier Kilo Gewichtsverlust gaben wir auf. Wahrscheinlich hab ich die Clique trotzdem von meiner Männlichkeit überzeugt. Im Duschraum führte ich meine drei Haare auf der Brust vor. Alle waren beeindruckt. Arne wollte sich von der Echtheit der Haare überzeugen und riss eins aus. Jetzt sind nur noch zwei Haare übrig. Vielleicht klaue ich heute Nacht ein paar von Papa, um meinen Verlust wettzumachen.

Alles okeh – Kartoffelpüreh

Mittwoch, 27. September

Halli hallo, Tagebuch!
Gestern war in Chemie Highlife. Für alle, nur nicht für Erik. Erik wurde das Opfer unseres experimentgeilen Chemielehrers. Bananen-Boris wollte Experimente mit den verschiedenen Geschmacksknospen der Zunge vorführen. Erik war der Einzige, der nicht rechtzeitig Nein sagte, als Bananen-Boris Freiwillige aufrief.

Zuerst wurde «sauer» getestet. Erik musste eine chemische Mischung trinken, die viermal saurer als Zitrone war. Die Klasse jubelte, als Eriks Gesicht sich zu einer Eidechsenmaske verzog.

Dann wurde «salzig» getestet. Erik schrie nach Wasser und seine Augen quollen heraus wie Tischtennisbälle. Bananen-Boris erklärte freundlich, dass man zwischen den Geschmackstests kein Wasser trinken soll. Das kann das ganze Experiment zerstören.

Dann wurde der bittere Geschmack getestet – wenigstens glaubten das alle, inklusive Bananen-Boris. Das war ein bitteres Erlebnis. Die Mischung bestand nämlich in Wirklichkeit aus einem Umweltexperiment der Neunten und war leicht ätzend. Erik musste als Gegengift zwei Liter Milch trinken.

Die Klasse wartete gespannt darauf, ob Erik überleben würde oder nicht. Er überlebte. Aber er wagte nicht zu sagen, dass er gegen Milch allergisch ist. Nach ein paar Minuten war sein Gesicht von roten Flecken übersät. Er musste ein Handtuch, das in Spülmittel und Ammoniak getaucht war, über den Kopf hängen, damit die roten Flecken sich nicht über den ganzen Körper ausbreiteten.

So viel Spaß haben wir schon lange nicht mehr in der Schule gehabt.

Alles okeh – nur nicht Erik, oje!

Samstag, 7. Oktober

Halli hallo, Tagebuch!
Gestern im Turnen hatten alle Jungs den Mopedbazillus.
Wir rasten durch die Turnhalle und brummten wie Mopeds.
Ich war eine frisierte Puch Dakota. Arne war ein ausgeschlachtetes Tretmoped mit Gesundheitslenker und lag ausgepowert auf dem Boden herum. Es kam vor allem darauf an, wie ein echtes Moped zu klingen. Jansson entpuppte sich als überzeugende Zündapp mit 70 Kubikzylinder. Erik dagegen klang wie eine einzige Fehlzündung. Also nahm der Totengräber ihn auf die Schultern und ließ ihn Mopedhelm sein.
Dann hatte der Totengräber einen Zusammenstoß mit unserem Turnlehrer. Das hatte zur Folge, dass Helm Erik dem Turnlehrer mit Karacho in die Magengrube fuhr. Der heruntergefallene Helm vom Totengräber musste in den Umkleideraum gelegt werden. Als Trost erhielt Erik das mündliche Versprechen unseres Turnlehrers, bis ans Ende aller Zeiten eine Fünf in Turnen zu kriegen.
Ich selbst verfuhr mich mit meiner Puch Dakota und landete im Freizeitheim. Mit zu engen Turnhosen, nacktem Oberkörper und flatternden Lippen imitierte ich ein Moped. Ida und Mona saßen im Aufenthaltsraum. Als ich reinkam, stießen sie anerkennende Pfiffe aus. Ich lackierte mein Moped um, von der ursprünglichen Körperfarbe zu Metallicrot.

Alles okeh – Kartoffelpüreh

Sonntag, 8. Oktober

Halli hallo, Tagebuch!
Eine der besten Rockgruppen der Welt heißt HEMAN
HUNTERS. Die Gruppe besteht aus Bert, Sänger und
Star, Torleif, unberechtigte Flöte, Nicke, Hardrockgitarre
mit Wackelkopf, Erik, schwache Schlagzeugschläge, und
Arne, unserem Gehilfen. Das Letztere möchte Arne än-
dern. Er möchte ebenfalls eine musikalische Aufgabe übernehmen. Darum hat er gestern Vormittag vom Musikladen
eine Geige geliehen und versprochen, sie ohne Schrammen
wieder zurückzubringen.
Am Abend hatten wir Probe. Alle, die spielen konnten,
spielten so laut wie möglich, um Arnes Geige zu übertönen.
Da wurde Arne wütend und wollte die Geige elektrifizie-
ren. Er bohrte ein paar Löcher rein und schloss zwei Kabel
und einen Widerstand an. Dann schloss er die Geige an der
Steckdose an. Die Geige begann zu brennen und sämtliche
Sicherungen flogen raus.
«Möcht bloß wissen, wo die hingeflogen sind», versuchte
Erik zu scherzen, während Arne überlegte, in welches Land
er fliehen sollte.
«Am besten, du haust ab nach Ungarn», schlug Torleif vor.
«Da spielen alle Leute Geige.»
Arne versuchte Hackfleisch aus Torleif zu machen. Das
wollte er dann mit der Geigenasche vermischen.
Bei den HEMAN HUNTERS ist immer was los. Keine
Probe ohne Morddrohungen.

Alles okeh – Kartoffelpüreh

Montag, 16. Oktober

Halli hallo, Tagebuch!

Was ist das Leben? Auf jeden Fall nicht Arne. Arne ist ein Dorn im Auge des Lebens. Gestern machten er und ich uns auf die Suche nach der Weisheit des Lebens. Wenn man das reife Alter von dreizehn Jahren erreicht hat, beginnt man, die Weisheit des Lebens zu suchen. Arne begann gestern früh um drei viertel sechs.

Als Erstes weckte er meine tief schlafenden Eltern. Sie wurden total aggressiv. Mein Vater murmelte, jetzt bereue er es, dass er sich nie für die Jagd interessiert habe. Eine kleine Schrotladung in Arnes untere Rückenpartie käme ihm jetzt sehr gelegen.

Ich eilte hinaus, um Arne das Leben zu retten. Dann erklommen wir einen Hügel und riefen nach der Weisheit des Lebens.

«Gib uns Antwort!», riefen wir dem Leben zu. «Lehre uns!»

Wir fuchtelten mit den Armen, damit die Weisheit des Lebens besser um unsere Körper kreisen konnte. Dann riefen wir noch einmal:

«O Weisheit des Lebens!»

Plötzlich knallte mir ein Farn auf den Schädel. Der Farn war in einem Topf. Der Topf hatte vermutlich auf einem Balkon gestanden. Und auf dem Balkon stand vermutlich der Typ, der vermutlich den Farn geworfen hatte, und schrie:

«Tausend Höllenhunde nochmal, man wird doch noch in Ruhe schlafen dürfen!»

Ich und Arne verdünnisierten uns. Jetzt weiß ich, was die Weisheit des Lebens ist. Ein Höllenhund in einem Blumentopf. Muss bloß noch dahinter kommen, was das bedeutet.

Alles okeh – Weisheit tut weh

Mittwoch, 25. Oktober

Halli hallo, Tagebuch!
Vorgestern war ganz schön was los. Wir hatten Medienkunde, also mein Wahlfach. Ich und Arne machten Tonbandinterviews und fragten Schüler, ob sie Mausefallen für Tierquälerei hielten oder nicht. Diejenigen, die Mausefallen nicht für Tierquälerei hielten, mussten die Finger in eine Mausefalle stecken und es ausprobieren. Dann nahmen wir das Gebrüll auf, wenn die Mausefalle zuschnappte. Wir interviewten nur schwächliche Personen, weil alle sehr aggressiv wurden, wenn ihre Finger in der Mausefalle eingeklemmt waren.
Arne will das Gebrüll für einen Horrorfilm benützen, den er demnächst drehen wird. Der Film soll von einem wahnsinnigen Wissenschaftler handeln, der Arne von van Knopp heißt. Der Wissenschaftler führt an einem schwachsinnigen Assistenten lebensgefährliche Experimente aus. Arne hat Erik die Nebenrolle angeboten. Die Hauptrolle spielt er selbst. Erik hat sich geweigert. Er hat keine Lust, sich Arnes mörderischen Tests auszusetzen.

Arne versuchte, Erik dazu zu überreden, ein leeres Blatt Papier zu unterschreiben. Anschließend wollte Arne das leere Papier in einen lebenslänglichen Vertrag umwandeln. Dadurch würde Arne die totale Macht über Eriks Leben kriegen. Ich konnte Erik rechtzeitig warnen. Ich hatte nämlich Arnes Drehbuch zum Film gelesen. Jetzt habe ich Erik das Leben gerettet. Dafür ist er mir einen Gefallen schuldig. Er darf in meinem Film mitspielen, der «Der grausame Mord an dem einsamen Knaben» heißt.

Alles okeh – Kartoffelpüreh

Montag, 30. Oktober

Halli hallo, Tagebuch!
Die Zeit der Wunder ist noch nicht vorbei. Die Engel im Himmel haben jubiliert. Papa war gestern mit uns in der Kirche. Und das, obwohl er Jesus immer als universalen Tröstungsbluff bezeichnet. Jetzt saß er selbst im Haus von Jesus und faltete die Hände. Mama war nicht dabei. Nur ich und Oma. Ich fragte Papa, warum Mama nicht dabei sei. Er antwortete, dass sie einen langen Spaziergang macht. Dann faltete er wieder die Hände.
In der Kirche sah ich diesen Jugendleiter wieder, der Motorrad fährt. Er erkannte mich und kam nach dem Gottesdienst zu mir und fragte, ob ich an Gott glaube.
«Was zum Teufel sollte ich sonst hier tun?», antwortete ich.

Da schien es unheilvoll in der Kirchendecke zu knacken. Rasch bereute ich meinen Fluch. Der Jugendleiter fragte, ob ich mit ihm eine Runde auf dem Motorrad drehen wollte. Papa sagte: «Nein danke.» Doch als er hörte, dass der Jugendleiter den Pfarrer duzte, ließ er mich mitfahren. Ich war im siebten Himmel. Noch näher kann man nicht an Gott rankommen. Er selbst sitzt wahrscheinlich im achten Himmel. Der kirchliche Motorradfahrer sagte, dass er Joel heißt. Ich log und behauptete, mein Name sei Sam. Dann fuhren wir an Nadja vorbei.

«Huch, hallo, Bert!», schrie sie.

Ein guter Start meiner himmlischen Karriere.

Alles okeh – Kartoffelpüreh

Donnerstag, 2. November

Halli hallo, Tagebuch!

Heute kehre ich zu meinen Breitengraden zurück. Zu meinen Breitengraden in der Schule. Es ist ein beinahe unheimliches Gefühl, nach so langer Abwesenheit wieder zurückzukommen. Ganze zwei Tage bin ich krank gewesen.

Ich rief meinen Kollegen Arne an, um mich über die Lage zu informieren. Arne erzählte, dass Anders, unser Klassenlehrer, den Totengräber gzwungen hatte, einen ganzen Priem Kautabak zu schlucken, weil der Totengräber sich geweigert hatte, den Priem auszuspucken. Der Totengräber machte ein Gesicht wie eine Eidechse. Dann fing er an zu heulen! Jetzt ist allgemein bekannt, dass der Totengräber eine Heulsuse ist. Außerdem erzählte Arne, dass Erik von Ida gejagt worden ist.

«Was!», schrie ich entsetzt und dachte, wenn Ida überhaupt jemand jagen darf, dann nur mich.

Ich wollte wissen, ob Ida in Erik verknallt sei.

«Nein, das kann man nicht behaupten», sagte Arne. «Sie hat Erik gejagt, weil er gegen ihre gemeinsame Schranktür gekickt und Schrammen hinterlassen hat.»

Das beruhigte mich. Dann wollte ich wissen, ob jemand nach mir gefragt hätte.

«Wieso, hast du etwa gefehlt?», scherzte Arne boshaft.

Dann berichtete er, dass tatsächlich eine Person nach mir gefragt hatte.

«Natürlich Mona», sagte ich müde.

«Nein, Emilia.»

Emilia … Hysterische Freude durchströmte mich, es gelang mir jedoch, das vor Arne zu verbergen, indem ich einen Hustenanfall vortäuschte.

«Hust, ha ha, hust, ja, aha, hust.»

«Bist du in Emilia verknallt oder was?», fragte Arne.

Ich sagte, ich sei noch nicht ganz gesund.

Alles okeh – Kartoffelpüreh

Sonntag, 5. November

Halli hallo, Tagebuch!

Emilia. Ein Mädchen aus meiner Klasse heißt Emilia. Ich habe sie soeben entdeckt. Ich wusste kaum, dass sie in meine Klasse geht. Aber das tut sie seit der Ersten. Emilia hat sich immer im Hintergrund gehalten. Ich hab nie mit ihr gesprochen, doch – einmal in der Dritten. Da hab ich aus Versehen einen Tischtennisball gegen ihre Zahnspange geschlagen, sodass sie rausflog. Ich entschuldigte mich, und das sind die einzigen Worte, die wir im Laufe von sechseinhalb Jahren gewechselt haben.

Du möchtest vielleicht wissen, wie Emilia aussieht? Ach so, lieber nicht? Dann erfährst du's trotzdem. Emilia hat halblange Haare und eine süße kleine spitze Nase voller Charme, in Erkältungszeiten dürfte sie allerdings auch voller Rotz sein. Ihre Augenfarbe ist … ist … also, die ist … Emilia hat Augen. Außerdem hat sie zwei Arme, die sehr hübsch und warm sind, glaube ich wenigstens. Sie hat Lachgrübchen auf der Stirn und einen Leberfleck auf dem Schenkel. Den entdeckte ich neulich beim Turnen. Nicht den Schenkel, sondern den Leberfleck.

Emilia hat immer schicke Klamotten an, ihr Vater ist nämlich Arzt und knöpft den Leuten eine Menge Mäuse ab. Sie nimmt Gesangstunden. Ich frage mich, ob die HEMAN HUNTERS nicht eine neue Background-Sängerin brauchen? Doch, ich glaube schon. Jetzt müsste man nur eine finden, die frei ist.

Alles okeh – Kartoffelpüreh

Dienstag, 7. November

Halli hallo, Tagebuch!
Die schönste Stunde am Montag war Englisch. Arne musste
vor der ganzen Klasse über seine Wasserfrösche Hasse und
Lasse berichten. Ich sah zum ersten Mal, wie Arne die dä-
nische Fahne im Gesicht nachahmte. Die eine Gesichts-
hälfte war kreideweiß, die andere rot wie rote Rüben. Arne
hat sich ganz schön blamiert. Er behauptete, dass Frosch
auf Englisch grog heißt und nicht frog.
«I shall tell you about my vatergroggys», sagte Arne.
«Warum ist denn dein Vater immer so groggy?», johlte
Björnas, und alle lachten. Danach durfte Björna sich ein
Weilchen draußen im Flur ausruhen.
Erik nutzte die Gelegenheit, um unseren Englischlehrer
nachzuahmen. Er stakste durchs Klassenzimmer und
keuchte:
«Oh dear, oh dear, oh dear.»
Die Klasse brüllte vor Lachen. Da ging die Tür auf und un-
ser Englischlehrer kam wieder rein.
«Oh dear ...» Erick schwitzte und ging freiwillig raus, um
sich ein Weilchen zusammen mit Björna auszuruhen.
Der Unterricht wird immer chaotischer. Meine Klasse wird
wahrscheinlich als die tragischste Klasse des Jahrzehnts in
die Schulgeschichte eingehen.

Alles okeh – Kartoffelpüreh

Sonntag, 12. November

Halli hallo, Tagebuch!
Gestern machten ich, Erik und Arne die Stadt unsicher.
Erik probierte im Kaufhaus Nagellack aus. Er zog seine
Socken aus, legte sie auf den Tisch und strich sich lila
Nagellack auf die großen Zehen und rosa auf die kleinen
Finger. Als er seine Strümpfe wieder anziehen wollte, wa-
ren sie verschwunden. Eine Putzfrau hatte sie genommen
und wischte jetzt damit die Ecken aus. Arne redete mit lauter Stimme darüber, dass man für die Herstellung von
Schminke Läuse benützt.
Wir trafen Paulina und ihre Freundin. Ich sagte bloß
«Hallo» und tat so, als würde ich einen Lottoschein ausfül-
len. Eigentlich hatten wir vorgehabt, in der Bibliothek nach
komischen Buchtiteln zu forschen. Aber die Bibliothek war
wegen Renovierung geschlossen. Also gingen wir stattdessen in ein Kaufhaus und futterten Mohrenköpfe. Plötzlich
sagte Erik, das sei ein scheußlicher Name, so was könne er
nicht essen. Sein Kinn begann zu beben, also musste ich ihn
wegführen und ihn mit dem Bus nach Hause schicken.

Alles okeh – Kartoffelpüreh

Sonntag, 19. November

Halli hallo, Tagebuch!

Ich lebe! Wer mich gestern Abend gesehen hätte, würde das nicht für möglich halten. Gestern Abend wand ich mich in ordinärem Bauchweh. Der Grund heißt Oma. Oma rief an und bestand darauf, uns zum Mittagessen einzuladen. Super, dachte ich und überlegte, in welches Restaurant wir gehen würden.

Das Restaurant hieß Omas Esszimmer. Das Gericht hieß zerkochte braune Bohnen mit Speck. Der Speck war in seinem eigenen Fett ertrunken. Alles bei Oma schmeckt nach Fett. Oma sah fett aus und ich selbst sah aus wie ein fettes Robbenbaby. Ein Glück, dass mich keine Robbenjäger sehen konnten. Oma klagte über den Blutstau in ihren Knien.

«Was ist denn das?», wollte Papa wissen.

Oma erklärte, dass sie Blut hinter den Kniescheiben hätte.

«Guten Appetit», murmelte ich.

Ich fuhr nicht mit meinen Eltern im Auto nach Hause, sondern nahm den Bus zu Erik. Erik war nicht da. Ich war sauer und probierte aus, wie viele Flüche ich in einer Minute von mir geben konnte. Die Anzahl wage ich gar nicht aufzuschreiben. Weil ich den letzten Bus auf dieser Strecke verpasst hatte, musste ich zu Fuß nach Hause gehen. Es regnete. Abends war mir von Omas Hexenküche kotzübel. Es ist ein wahres Wunder, dass ich heute noch lebe.

Nix ist okeh – Speck- und Bohnenpüreh

Dienstag, 21. November

Halli hallo, Tagebuch!

Es ist was ganz Wahnsinniges passiert. Emilia war so liebenswürdig, mir in Englisch bei einer Übersetzung zu helfen. Unser Lehrer stand vorn an der Tafel und schwafelte. Ich kapierte absolut null. Also fragte ich Emilia, wovon überhaupt die Rede sei. Emilia ist in Englisch ein Ass. Sie erklärte mir, was der alte Bolund meinte. Da drehte der Alte durch und warf Emilia raus. Emilia ist bisher noch nie aus dem Unterricht geflogen und hat auch noch nie nachsitzen müssen. Wie sollte ich mich verhalten? Ich konnte mich ja nicht beim alten Bolund beschweren. Dann würde die ganze Klasse glauben, dass ich mich bei Emilia einschmeicheln wollte. Nach der Englischstunde sah ich, dass Emilia rot um die Augen war. Das war eindeutig meine Schuld. Am liebsten wäre ich zu ihr gegangen und hätte mich bei ihr entschuldigt. Aber das konnte ich auch nicht tun, weil mich dann vielleicht welche aus der Neunten gesehen hätten, und die würden dann mit meinen Gefühlen Korbball spielen. Als niemand herschaute, schmuggelte ich einen Zettel in Emilias Schrank, auf dem stand:

Ich möchte mich sehr dafür entschuldigen, dass du an meiner Stelle rausgeflogen bist. Gruß Bert.

Das Letzte war das Schwierigste. Eigentlich wollte ich schreiben: *Lass dich küssen und zärtlich umarmen. Dein Bert.* Oder: *Ich schenke dir mein ganzes Ich. Dein Bert.* Es wurde aber nur *Gruß Bert* daraus.

Alles okeh?

Freitag, 1. Dezember

Halli hallo, Tagebuch!
Heute ist der erste Tag des letzten Monats im Jahr und gestern hatte ich Werken.
In Werken arbeite ich immer noch an dem Schrank, den ich meinen alten Herrschaften zu Weihnachten schenken will. Aber wenn er richtig gut wird, behalte ich ihn natürlich selbst. Wenn ich nur wüsste, welche Farbe ihnen am besten gefallen würde. Vielleicht rotgrün? Oder schachbrettgemustert? Dann müsste ich allerdings wissen, wo man fertig gemischte schwarzweiße Farbe kauft.
Erik werkelt an einer geheimnisvollen Kiste herum. Niemand weiß, wozu er die haben will. Nicht mal er selbst. Daraus geht hervor, wie geheimnisvoll sie ist. Als er seine geheimnisvolle Kiste polieren wollte, feilte Erik sich in den Daumen und das Holz bekam Blutflecken. Die Flecken lassen sich nicht entfernen. Jetzt weiß Erik, wozu er die Kiste benutzen wird. Für Sägespäne.
Arne schreinert an einem zwei Meter langen Beil aus Balsaholz herum. Unser Werklehrer hat keine Ahnung davon. Er glaubt, dass Arne eine Spinnangel bastelt. Bisher hat niemand gewagt, Arne zu fragen, wozu er das Beil braucht. Aber ich bilde mir ein, gehört zu haben, wie Arne murmelte: «Das kann man gut brauchen, wenn die Erde von den multiastronomischen Monstern heimgesucht wird.» Es wäre gut zu wissen, ob man einen Klassenkameraden zwangseinweisen kann.

Alles okeh – Kartoffelpüreh

Donnerstag, 7. Dezember

Halli hallo, Tagebuch!

Nur noch zwei Wochen bis zu den Weihnachtsferien. Jolijapa, unglaublich, wie schnell die Zeit vergeht. Jolijapa ist kein schwedisches Wort. Auch kein norwegisches, englisches, finnisches oder überhaupt ein europäisches Wort. Auch kein afrikanisches, amerikanisches oder asiatisches. Arne behauptet, Jolijapa sei ein Wort, das von den inneren Galaxien stammt.

Die inneren Galaxien liegen weit von hier entfernt in der Mitte des Universums. Von diesen Galaxien stammen auch die multiastronomischem Monster. Und die sagen Jolijapa. Sagt Arne.

Was das bedeutet, hat er leider noch nicht erforscht. Vermutlich ist es ein freundlicher Gruß oder eine tödliche Drohung.

Gestern Abend waren Arne und ich unterwegs, um den Schnee zu untersuchen.

Der Schnee wollte einfach nicht liegen bleiben, obwohl Arne ihm befahl, es zu tun.

«Jolijapa nochmal», herrschte Arne ihn an. «Bleib liegen. Hör gefälligst auf zu schmelzen!»

Das war dem Schnee scheißegal. Arne sagte, er habe vor, eine Bombe zu bauen.

«Eine Bombe!», stöhnte ich. «Du bist wohl nicht ganz dicht! Wozu brauchst du eine Bombe?»

Arne rollte bedeutungsvoll mit den Augen und deutete in den Himmel hinauf.

«Jolijapa», murmelte er.

Dann erzählte er, dass er ein paar Chemikalien aus dem Chemiesaal hat mitlaufen lassen. Sehr brauchbare Sachen, wenn man ein Bombe bauen will.

Jolijapa, manchmal ist Arne mir echt unheimlich.

Alles okeh – Kartoffelpüreh

Freitag, 15. Dezember

Halli hallo, Tagebuch!

Heute kriegen wir großen Besuch, und zwar nicht von einem Riesen, sondern von einem Weltreisenden. Janne Ljung, der Bruder meines Vaters kommt von New York angereist. Er bleibt über Weihnachten und Neujahr bei uns und darf New York erst nächstes Jahr wieder sehen. Ha, ha, ha. Janne muss eine Macke haben, dass er das neue Jahr nicht in New York, der Stadt der Städte, begrüßen will.

Gestern hat die ganze Familie Weihnachtsgebäck gebacken. Papa backte schwarze Pfefferkuchenschweine. Er ließ vier Bleche anbrennen. Ich sollte Mandelhäufchen auf die Backoblaten häufeln, häufelte sie aber stattdessen in mich hinein. Mama wurde erst zu einem Häufchen Unglück und häufelte die Mandelhäufchen dann lieber selbst.

Als wir die Nougatproduktion in Angriff nehmen wollten, flogen ich und Papa aus der Küche, weil wir uns darüber stritten, wer die Schüssel auslecken durfte. Mama wurde Sieger. Papa und ich schauten durchs Schlüsselloch zu, wie Mama ganz allein die Schüssel ausleckte.

Dann stellte Mama das Eiskonfekt zum Abkühlen auf den Balkon. Die Tür hatte sie mit einem Ski versperrt, damit Papa und ich nicht heimlich davon naschen konnten. Papa wurde zum Äußersten getrieben und zwang mich, die Leiter zu halten, während er von außen auf unseren Balkon kletterte und eine Tüte Eiskonfekt klaute. Ich glaube, Mama und ich lassen uns demnächst von ihm scheiden.

Alles okeh – Nougatpüreh

Sonntag, 17. Dezember

Halli hallo, Tagebuch!
Gestern war ich mit Jansson in der Stadt. Er wollte seiner Schwester ein Weihnachtsgeschenk kaufen.
«Schwester», sagte ich verächtlich, «so 'ne kleine Schwester ist doch bloß lästig, oder?» Jansson zeigte mir ein Foto von seiner Schwester. Sie ist fünfzehn. Und sieht echt scharf aus. Ich bot ihm an, ein paar Kronen für das Geschenk beizusteuern. Und falls Jansson je Schwierigkeiten mit den Hausaufgaben haben sollte, komme ich gerne rüber und helfe ihm, wenn nötig, sogar mehrere Stunden.
Alle Leute waren in der Stadt. Kein Mensch war zu Hause geblieben. Wir trafen Nadja, Paulina, Mona, Rebecka, Ida, Anki und Lennar Jönsson, den ollen Björkman und EMILIA.
«Na, wie geht's denn so», brachte ich hervor.

Emilia hatte eine Schneeflocke auf der Wange. Ich entfernte die Schneeflocke aus purer Freundlichkeit. Da sagte Emilia, dass die Schneeflocke eine Paillette gewesen sei, die sie mit viel Geduld morgens an ihre Wange montiert hätte. Ich entschuldigte mich tausendmal. Dann entschuldigte ich mich zweitausendmal. Als ich bei meiner dreitausendsten Entschuldigung angekommen war, sagte Emilia zum fünftausendsten Mal, dass es doch gar nichts ausmacht. Inzwischen hatte Jansson zum zehntausendsten Mal geseufzt und gesagt, dass wir weitermüssten. Wir verabschiedeten uns von Emilia und zogen weiter. Aber ein großes Stück von mir blieb zurück.

Alles okeh – Kartoffelpüreh

Freitag, 22. Dezember

Halli hallo, Tagebuch!
Die Weihnachtsferien haben angefangen. Gestern gab's im Klassenzimmer eine Weihnachtsfeier mit Kerzen und Limo und Gebäck. Johanna las ein Weihnachtsgedicht vor. Björna gab während des Gedichts einen Limorülpser von sich, damit die richtige Weihnachtsstimmung aufkam. Arne experimentierte mit seiner Kerzenflamme. Er wollte feststellen, wie lange ein Daumen braucht, bis er schwarz wird, wenn man ihn ins Feuer hält. Anschließend musste er raus in den Flur und seinen Daumen unter kaltes Wasser halten.

Emilia und ich guckten uns an. Das Kerzenlicht stand ihr gut. Komisch, dass ich diese Person erst jetzt entdeckt habe. Ich glaube, ich werde allmählich ... nein ... doch ... Nein, ich wage es nicht hinzuschreiben.

Unserem Klassenlehrer haben wir eine Blume geschenkt. Als er sich bedankte, musste er niesen, dann sagte er, dass er allergisch gegen Hyazinthen ist. Da wollte Björna die Hyazinthe zurücknehmen und auf dem Markt verkaufen. Nach der Feier unterhielt ich mich draußen im Flur mit Emilia. Wir sagten «tschüs» und «bis bald» und so. Emilia hatte echt tolle Klamotten an, meine Sachen waren totaler Schrott.

«Tolle Klamotten, die du da anhast», sagte Emilia.

Ich lachte. Dann berührte sie mich aus Versehen mit zwei Fingern. Ich fühlte ihre Haut! Das war wie Zuckerregen.

Dann sagte Emilia: «Vielleicht sehen wir uns ja.»

«Klar tun wir das. Wir gehen ja im neuen Jahr noch in dieselbe Klasse, ha, ha», sagte ich.

«Ich hab gemeint, in den Weihnachtsferien», flüsterte Emilia.

Dann flog ich nach Hause und ruhte meine Gefühle aus.

Alles okeh – Kartoffelpüreh

Montag, 25. Dezember

Halli hallo, Tagebuch!
Heiligabend ist vorbei. Ich freu mich schon auf Heiligabend. Bis dahin sind es nur noch 364 Tage. Möchte bloß
wissen, was für Geschenke ich kriege. Gestern hab ich jedenfalls Folgendes gekriegt:

* Ein neues leeres Buch, das als Tagebuch benützt werden
  kann, allerdings weiß ich nicht, ob ich in Zukunft noch
  Tagebuch schreiben will. Meine akademischen Studien
  beanspruchen so viel Zeit.
* Einen lila Bleistiftspitzer und eine Strickweste von Oma.
  Vielen Dank, gute Alte.
* Von Papa und Mama ein paar fetzige Spiele.
* Ziemlich viele fade weiche Pakete, die Kleidung enthiel-
  ten. Alles zu beschreiben dauert mir zu lange. Ist übri-
  gens nicht wichtig.
* Von Arne eine Schildkröte. Ich werde sie Ove taufen.
  Ove scheint eine sympathische Schildkröte zu sein. Als
  ich ihn ins Aquarium steckte, hat er gleich zwei Schwert-
  träger aufgefressen.
* Von Biggan, meiner Cousine dritten Grades, einen Blei-
  stift und einen Radiergummi. Der Radiergummi war an
  einer Ecke schon benützt.
* Abfahrtski-Stiefel und Skistöcke.
* Ein Video!!! Vom besten Onkel der Welt. Von Onkel
  Janne! Jetzt weiß ich, wie ich den Rest meiner Tage ver-
  bringen werde.

Gestern hab ich so viel Schinken gefuttert, dass ich heute ein echtes Arschbackengesicht hab.

Alles okeh – immer noch Schinkenpüreh

2. Januar

Hallo!
Der unerhörte Stift des Helden glüht in der Nachmittagssonne. Der Held legt seine Stirn in tiefe Falten und fasst die heldenhaften und lustvollen Großtaten der vergangenen Woche zusammen. Der Held heißt ... Bert ... Ljung ... Im Februar werde ich vierzehn. Mit vierzehn sprießt einem eine Flaumplantage unter der Nase und man kriegt Bock auf Starkbier und Mopeds. Das stimmt nicht ganz. Hab jetzt schon Bock auf Mopeds. Auf Mopeds und Weiber. Diese Aufzeichnungen schreibe ich in mein funkelnagelneues Tagebuch. Nur dass es kein Tagebuch ist, sondern ein Wochenbuch, weil es mir wahrscheinlich zu viel wird, jeden Tag zu schreiben wie im letzten Jahr.
Als Erstes eine kurze Zusammenfassung meines Lebens: Ich wurde geboren. Dann wurde ich dreizehn.
Hoppla! Scheint eine kurze Autobiographie geworden zu sein. Aber immerhin enthält sie die wesentlichsten Tatsachen. Vielleicht interessiert sich irgendein Verlag für meine Autobiographie? Wenn sie zu wenig Einzelheiten enthält, kann man sie ja auch als Poster veröffentlichen. Nun zu meiner gesellschaftlichen Position: Ich bin nicht reich. Ich

trage eine Brille. Mein Vater hat morgens eine belegte Zunge und meine Mutter ist Busfahrerin. Mehr sind wir nicht in meiner Familie. Doch, da ist noch einer – Ove!!! Ove ist eine Schildkröte mit einem eigenen Aquarium. Früher beherbergte das Aquarium 23 schöne teure Edelfische. Dann zog Ove ins Aquarium ein und noch vor Neujahr war Ove allein stehender Aquariumsbewohner. Ove ist ein echter Freund. Ein echt satter Freund.

Ove hab ich von Arne geschenkt bekommen. Arne hab ich zum Glück nicht geschenkt bekommen. Arne geht in meine Klasse. Das ist mehr als genug. In der Fünften war Arne ein stiller Knabe, der sich für Maschinen interessierte. In der Sechsten verwandelte er sich in einen aggressiven, ziemlich übergeschnappten Wissenschaftler, der ein abnormes Interesse für illegale Bombenexperimente entwickelte. Arne behauptet, dass er der erste Schwede sein will, der sich selbst zum Mond raufsprengt, ohne dabei hopszugehen. Hauptsache, man hat Schuhe mit gereffelten Gummisohlen und Stahlkappen an, sagt er.

Und jetzt kommt Erik, mein zweiter reizender Klassenkamerad, ins Bild – Arne will Erik nämlich als Vorhut hinaufsprengen. Erik lehnt das ab. Arne überlegt, ob er Erik mit Aspirin betäuben soll, damit er gefügig wird und sich der Wissenschaft zur Verfügung stellt.

Erik ist ein ängstlicher Typ. Er hat rote Ohren und zerbrechliche Knochen. Wenn man mit ihm Armbiegen macht, muss man immer Armschlinge und Gips bereithalten, falls man ihm versehentlich den Arm bricht. Er ist unglaublich zerbrechlich! Erik ist der einzige Mensch, den ich kenne, der das ganze Jahr über lange Unterhosen trägt und im Alter von dreizehn Jahren noch an den Osterhasen glaubt. Er hat Angst vor dem Osterhasen. Ein Glück, dass wir Ostern immer schulfrei haben. Sonst müsste er jedes Jahr eine Woche lang schwänzen, weil er nicht wagt, rauszugehen und eventuell dem Osterhasen zu begegnen.

Jetzt werde ich über das Wichtigste im Leben schreiben, etwas, das gleich nach Mopeds kommt – nämlich Emilia! Emilia ist der schönste Name, den es gibt. Letztes Jahr fand ich das noch nicht, aber jetzt finde ich das. Emilia war schon immer in meiner Klasse, aber das hab ich erst im letzten Herbst entdeckt. Und erst vor einer Woche hab ich noch was entdeckt: Ich bin in Emilia verknallt!!! Und nächste Woche werde ich das Objekt meiner Liebe wieder treffen, dann fängt nämlich die Hinrichtung an ... nein, die Schule meine ich natürlich.

Hip hop – alles top

9. Januar

Hallo!

Hiermit setzt Bert Ljung seine Aufzeichnungen über das Leben fort. Eines steht fest: Die Schule ist nicht das Leben. Am Montag fing das Antileben an. Ein weiteres Leben fing ebenfalls an, nämlich mein Unterleibsleben. In Erdkunde habe ich einen Wahnsinnsständer gekriegt, konnte gar nichts dagegen tun. Ich fand nämlich, dass die Küste von Norwegen wie ein Weiberhintern aussah. Ist dir das schon mal aufgefallen, Tagebuch? Solche Sachen fallen einem automatisch auf, wenn man nach den Weihnachtsferien alle Weiber in der Schule wieder sieht. Mein standhafter Zustand normalisierte sich, als wir zum Einstand 67 Seiten Erdkundehausaufgaben kriegten. 67 hoch komplizierte Seiten!

In der Schule war alles unverändert, bis auf die Tatsache, dass Erik endlich einen eigenen Schrank bekommen hat und seinen Schrank nicht mehr mit der schönen Ida teilen darf. Wir übrigen Jungs veranstalteten eine Freudenfeier mit einer Flasche Limonade. Erik weigerte sich mitzutrinken, und zwar nicht aus Protest, sondern weil er keine Kohlensäure verträgt, die blubbert ihm immer so unangenehm in den Nasenlöchern. Als Ersatz musste Erik mit fettarmer Milch vorlieb nehmen. Arne teilte ihm als Trost mit, dass Milch Pigmentveränderungen der Haut verursachen kann. Erik stand 42 Minuten im Klo vor dem Spiegel und beobachtete sich voller Angst und Sorge.

Das Erfreulichste in der Schule war Emilia. Wenn ich an Emilia denke, fahren meine Nerven harmonisch Achterbahn in meinem Körper. Normalerweise wird einem von so einem Gefühl kotzübel, aber wenn man verliebt ist, findet man es total gut. Bin in Emilia verliebt. Meine Knie spielen Boogie-Woogie, wenn ich Emilia nur angucke. Ich wünsche mir, dass sie meine … meine … Alte wird. Es ist nicht ganz ungefährlich, sich in Emilia zu verknallen. Die meisten Jungs in der Klasse finden sie lasch, weil sie gute Noten hat, höflich ist und gebügelte Kleider trägt. Ich selbst hab schlechte Noten und Rost in der Unterhose. Ha ha! Bin von Natur aus sehr humorvoll. Schon mal den hier gehört?

Es waren mal drei Schweine, die pokerten darum, wer von ihnen Weihnachtsschinken werden sollte. Das erste Schwein hatte vier Asse. Das zweite Schwein vier Könige. Da sagte das dritte … Nein, das dritte hatte vier Buben, nein … äh, also, das Schwein sagte jedenfalls: Jetzt wissen wir wenigstens, was auf den Tisch kommt, und da sagte das erste Schwein … und dann … dann … Nein – äh … hier muss ein Schwein irgendwo hüpfen … also, ich meine das erste … äh …

Hip hop – alles top

13. Februar

Hallo!
Morgen ist Valentinstag, der Tag der Herzen. Da muss man herzlich und gemütlich sein. Gestern hab ich heimlich geübt. Ich latschte zu Hause mit Kaninchenpantoffeln und Kamelunterhosen herum. So weit, so gut. Dann schmierte ich mir probeweise ein bisschen Lippenstift um die Futterluke, um noch gemütlicher auszusehen. Und dann hörte die Gemütlichkeit auf. Ich entdeckte, dass der Lippenstift nicht mehr abging, weil es nämlich gar kein Lippenstift war, sondern Nagellack. Ich musste 22 % meiner Oberlippe wegschälen, bis die Gemütlichkeit restlos verschwunden war. Heute bin ich nicht zur Schule gegangen, wegen lästiger Mundgeschwüre.
Ich und Erik haben ein Stück für unsere Band komponiert.

Es fängt mit einem langen Trommelsolo an, dann kommt ein langes Basssolo. Dann ist das Stück zu Ende. Erik spielt in unserer Band Schlagzeug und ich spiele Bass. Nach diesen kulturellen Ausschweifungen gingen wir zur Romantik über. Ich wollte verschiedene Knutschobjekte durchdiskutieren. In meinem Leben bin ich bisher auf folgende Objekte knutschgeil gewesen – Rebecka, Nadja, Paulina und Ida. Auf Emilia bin ich bloß kuss- und schmusgeil.

«Unsere Liebe bewegt sich jetzt auf einer intelligenten Ebene», erklärte ich Erik.

«Wie denn?», fragte er.

«Na ja, wir diskutieren über Einstein und so.»

«Was ist denn das für ein Heini?», fragte Erik intelligent.

«Eben einer von diesen Typen mit viel Hirnschmalz», antwortete ich ausweichend.

Dann vertraute Erik mir ein Geheimnis an. Er leidet an einer schlimmen Krankheit. Schockiert setzte ich mich neben ihn und wartete darauf, mehr über sein tragisches Geschick zu erfahren.

«Ich denke nur noch an nackte Weiber», stieß Erik bebend hervor.

«Ja, ja ...», sagte ich.

«Ja!», sagte Erik.

«Ja? Na und», sagte ich, «daran denke ich schon seit fast vierzehn Jahren!»

Mit Tränen in den Augen gestand Erik, dass er vor Weibern einen Mordsschiss hat. Er träumt Albträume, wie Weiber mit großen Mündern über ihn herfallen und ihn küssen wollen. Dann wacht er auf und schreit vor Angst.

Ich riet ihm, das Licht nachts anzulassen.

«Mach ich doch schon», schluchzte Erik.

Ich versprach Erik, dass wir einen Videofilm mit ausgezogenen Weibern mieten. Und dann studieren wir den Film sehr eingehend. Natürlich nur zu rein wissenschaftlichen Zwecken ...

Hip hop – alles top

20. März

Hallo!

Heute ist Frühlingsanfang. Das heißt, dass der Frühling kommt. Und wenn der Frühling kommt, kommt auch die Liebe.

Emilia, die Liebe meines Lebens, brachte bereits gestern den Frühling in die Schule mit. Sie hatte Rosen auf den Wangen und Sonne im Blick. Das sah echt crazy aus – Blumen im Gesicht und gelbe Augen. Ha ha ha ha!!! Manche Leute haben eben einen angeborenen Sinn für Humor. Ich glaube, ich werde später mal Berufskomiker. Ich weiß immer so gute Witze. Zum Beispiel den: Wie heißt Hosentasche auf Japanisch? «Nah-bei-Sacki». Ha ha ha! Wie gesagt. Mein Humor ist echt unbezahlbar.

Im Frühling muss man gestehen, dass man verliebt ist. Ich bin in Emilia verliebt. Und heute in der Schule gestand ich Erik, dass ich in sie verliebt bin.

«Sonst was Neues, was ich nicht weiß?», sagte Erik uninteressiert.

«Nein. Aber in wen bist du verknallt?», fragte ich grimmig.

Erik musste zwanghaft schlucken und seine Minibirne überzog sich mit Schweiß. Ich musste ihn einmal um den Schulhof führen, damit er nicht ohnmächtig wurde. Dann presste er mit dumpfer Stimme hervor, er müsse etwas gestehen.

«Raus mit der Sprache», sagte ich mit gierigen Ohren.

Da gestand Erik, dass er als Sechsjähriger einer Cousine seinen Pimmel gezeigt hatte. Ich bekam Bauchweh vor Lachen und bat Erik, mir keine so komischen Sachen mehr zu erzählen.

«Das ist überhaupt nicht komisch», sagte Erik. «Weißt du, was meine Cousine gesagt hat?»

«Nein», ächzte ich lachend.

«Dass er wie ein Wurm aussieht», schluchzte mein Humorkollege.

Ich hörte auf zu wiehern. Jetzt kapier ich, warum Erik einen solchen Bammel vor Mädchen hat und davor, im Sommer zum Angeln zu gehen.

Arne hat mal einen Fisch gefangen. Den taufte er Nicke. Dann schnitt er ihm den Nacken durch und sagte: «Nick mal, Nicke.»

Arne ist ein brutaler Mensch und darf in Eriks und meinem Verein für Humoristen nicht mitmachen.

Hi hi, ha ha, hö hö – jetzt kratz ich mich am Pö

3. April

Hallo!

Heute ist der dritte April. Das hat nichts zu bedeuten. Aber vorgestern war der erste April. Und das bedeutet ziemlich viel. Unter anderem bedeutet es, dass man einander den ganzen Tag anschwindeln und reinlegen soll. Man soll lustige Aprilscherze erzählen und wenn alle drauf reingefallen sind, muss man «April, April, ich krieg dich, wohin ich will!» sagen.

Vorgestern hätte ich fast meine ganze Familie in einen Prozess reingeschwindelt. Folgendes ist passiert: Ich schickte meinen gehirnamputierten Freund Arne in den April.

«Mein Alter hat eine Geliebte», sagte ich witzig. «Aber du musst mir versprechen, es niemand zu verraten.»

Arne hat es niemand verraten. Bloß seinem Vater, und der ist voller Bestürzung zu meiner Mutter gestürzt, um sie zu trösten.

Mama reagierte mit sehr viel Humor darauf. Sie bekam einen Schock und wurde stinkwütend.

Dann kam Papa heim und erzählte, er hätte seinen Arbeitskollegen weisgemacht, dass es brennt. Mama bedankte sich für den gelungenen Aprilscherz, indem sie meinem Vater einen Schwinger verpasste.

«Wieso? War das denn nicht komisch?», murmelte Papa, als er auf dem Boden lag.

Meine Mutter drohte mit Scheidung und Anwälten. Die Lage war äußerst prekär. Da beeilte ich mich, die Gemüter zu erheitern und *April, April* zu rufen. Danach erhielt ich Stubenarrest bis zu den Sommerferien.

Eriks gestriger Aprilscherz war grandios. Er ging zu Olga aus der 5 C und fragte, ob er bei ihr Chancen hätte. Sie war begeistert und sagte ja. Da lachte Erik und sagte: «April, April.»

Und da lachte Olga und sagte: «Wieso April, April? Aprilscherze gelten doch bloß am ersten April.»

«Ja?», sagte Erik erstaunt.

«Heute ist der zweite April!»

Jetzt ist Erik unfreiwillig verheiratet. Er trägt sich mit Selbstmordabsichten.

Hip hop – alles top

18. April

Hallo!

Unsere Klasse führt zur Abschlussfeier im Juni ein saukomisches Kabarett auf. Eine tragische Theatercollage ist geplant. Das heißt, dass wir alle Ereignisse des Schuljahres auf humoristische Weise beschreiben sollen. Ich bin einer der wichtigsten Mitarbeiter, weil ich als Textautor mitwirke. Ursprünglich schrieb ich für mich eine Rolle als Kaiser der Becka-Schule. Diese Idee wurde mit großer Mehrheit abgelehnt. Stattdessen muss ich ein Federballnetz darstellen und mit ausgestreckten Armen auf der Bühne stehen. Ich muss das Netz nachahmen und beschreiben, wie es im Winter in der Schule beim Federball-Turnier zuging. Ich hab mir geschworen, sämtliche Bälle zu fangen, die vorbeifliegen, und damit alles zu sabotieren. Ha ha.

Arne will gern einen homosexuellen missverstandenen Dichter spielen. Er hat gesagt, dass er sich sogar dazu überwinden würde, Lippenstift zu benützen, um die Rolle zu kriegen. Er schlug vor, dass er während des Stücks dreimal auf die Bühne stürzen und schreien könnte:

«O Knaben! O Knaben! Meine Seele brennt!»

Dann würde er wieder verschwinden. Arne darf beim Kabarett nicht mitspielen, er muss für die Beleuchtung sorgen.

Für Erik haben wir eine Spezialrolle geschrieben. Er soll einen Fahrradständer spielen, das heißt, er muss auf einem Stuhl sitzen, dann kommt jemand angeradelt und schreit:

«Oh, welch ein Glück! Ein freier Fahrradständer!»

Dann wird das Fahrrad zwischen Eriks Beinen geparkt.

Eventuell wollen wir diese Nummer als Finale des ganzen Kabaretts bringen, weil sie so irre komisch ist.

Björna will aus Eriks Fahrradgestell Kapital schlagen. Er möchte Erik an verschiedene Firmen in der Stadt vermieten. Dann kleben wir ihm einen Zettel auf die Stirn, wo wir fürs Schulkabarett Reklame machen. Björna hat schon mit der Apotheke und mit Nisse Bergroths aufwärts strebender Ziehharmonikaherstellungsaktiengesellschaft Kontakt aufgenommen. Der Apotheker empfahl Björna ein paar starke Kopfschmerztabletten, und Nisse Bergroth sagte, dass er sich das Angebot überlegen will.

Emilia, das Vögelchen meines Herzens, wird der Leckerbissen des ganzen Kabaretts. Sie ist die Schönste von allen. Sie darf ein Pferd spielen, das auf der Bühne herumgaloppiert und fröhlich wirkt.

Am liebsten würde ich das Stück so umschreiben, dass ich Kaiser wäre und Emilia Kaiserin. Und zum Schluss würden wir uns viele Minuten lang küssen. Aber das geht jetzt nicht mehr. Ein Federballnetz, das auf der Bühne mit einem Pferd schmust, das würde dann doch ziemlich bescheuert aussehen.

Hip hop – alles top

22. Mai

Hallo!
Jippiiiee! Bald bade ich in Millionen. Ich hab einen Job. Zwar keinen Job fürs Leben, aber die Millionen, die ich verdiene, reichen lässig für mein restliches Leben. Es handelt sich um einen gut bezahlten Ferienjob. Das ganze Geld brauch ich für mein Moped. Ich hab ausgerechnet, dass ich zweieinhalb Monate lang sieben Tage in der Woche achtzehn Stunden täglich malochen muss, um genügend Knete für mein Moped zusammenzubringen. Das finde ich zumutbar. Dann hab ich ja ganze sechs Stunden übrig, um meine Ferien zu genießen und sommerliche Sachen zu machen.
Ich hab einen Luxusjob – in Bengtssons Café! Ein eiskalter Geschäftsmann wurde gesucht. Ich bin mir dessen bewusst, dass ich ein eiskalter Typ bin, und rechnete mir gute Chancen aus. Ich rief Bengtsson an und vereinbarte einen perfekten Termin für ein Einstellungsgespräch. Um Bengtsson

voll davon zu überzeugen, was für ein eiskalter Typ ich bin, zog ich einen Frack an. Weil ich keinen in meiner eigenen Größe habe, zog ich den von meinem Vater an. Dann kaufte ich mir eine dicke Zigarre, weil die zum Image eines Geschäftsmannes gehört.

Während des ganzen Einstellungsgesprächs saß ich lässig da und paffte eiskalt an meiner Zigarre, bis Bengtsson sagte:

«Wenn du diesen Job haben willst, musst du gefälligst mit dem Rauchen aufhören. Wir können hier keine Asche im Eis brauchen.»

«Im Eis?», sagte ich. «Ich hab gedacht, Sie suchen einen eiskalten Geschäftsmann?»

Da schnaubte Bengtsson bloß und stellte mich zur Probe als Eisverkäufer an.

Ich kenne noch einen, der ebenfalls einen Job für die Sommerferien gesucht hat – meinen Kumpel Arne. Er antwortete auf eine Anzeige, wo ein Werksingenieur mit langer Erfahrung und Hochschulexamen gesucht wurde. Das war Arne scheißegal. Er behauptete, in ein paar Tagen könne er sich gleichwertige Erfahrungen aneignen. Arne wurde als Humorist angestellt. Er muss in jeder Kaffeepause verkleidet in der Firma rumlaufen und den Angestellten Witze erzählen. Am 11. Juni fängt er an, als Senfkorn verkleidet.

Erik ist der einzige meiner beiden Freunde, der den ganzen Sommer lang nur Sommerferien hat. Seine Eltern erlauben ihm nicht, einen Job zu suchen. Sie befürchten nämlich, dass er dadurch verbraucht werden könnte, bevor er fünfzehn ist. Dann müsste er vorzeitig pensioniert werden. Und

Eriks Eltern haben keine Lust, ihn ihr Leben lang bei voller Pension daheim zu haben.

Hip hop – alles top

5. Juni

Hallo!
Hinter mir liegen die romantischsten und liebevollsten Feiertage des Jahres – nämlich Pfingsten. Die meisten Leute heiraten an Pfingsten.
Ich hatte auch Bock darauf – am liebsten hätte ich Emilia geheiratet. Ich hatte ziemlich viele Gelegenheiten, ihr einen Antrag zu machen, aber irgendwie hat es nie so recht hingehauen. Unter anderem traf ich sie am Pfingstsamstag an einem besonders romantischen Ort – im Kaufhaus Domus in der Unterhosenabteilung.
«Hallo, was machst du denn hier?», fragte ich zärtlich.
«Unterhosen kaufen.»
«Ha, ha», lachte ich.
«Für meinen Vater.»
«Oho», sagte ich.
Dann sagten wir eine Zeit lang nichts mehr. Ich war irgendwie ein bisschen nervös und hatte gerade ein Loch in eine blaue Unterhose gebohrt, als Emilia mich fragte, ob ich ihr nicht helfen wollte, ein witziges Modell auszusuchen. Ich fand eine Unterhose mit bumsenden Kaninchen drauf, die ich aber schnell versteckte, um Emilia nicht in Verlegenheit

zu bringen. Gleich darauf fragte Emilia, ob ich nicht eine mit einem Kaninchenmotiv entdecken könnte.

«Nein, nein, nein», sagte ich und schlug rasch ein Paar Unterhosen vor, die mit kämpferischen Schildkröten geschmückt waren.

Als Dank für die Hilfe fragte Emilia, ob ich am Pfingstmontag zum Mittagessen zu ihr kommen wolle. Ich dienerte und bedankte mich, bis ich einen steifen Nacken bekam, dann rannte ich nach Hause.

Emilias Eltern sind alle beide Ärzte, darum begann ich sofort gepflegte Essmanieren und feines Benehmen zu üben. Wenn man bei gebildeten Medizinern eingeladen ist, muss man mit Messer und Gabel im Essen rumstochern und die ganze Zeit höflich lächeln. Außerdem muss man über die wirtschaftliche Lage der Nation diskutieren und auf die Gewerkschaften schimpfen.

Als ich mein Benimmtraining beendet hatte, war Pfingstmontag und ich stand bei Emilia vor der Tür und klingelte. Ich hatte einen zauberhaften Blumenstrauß mitgebracht, weil ich irgendwo gelesen hatte, dass die Blumensprache so wichtig ist. Als ich Emilias Mutter die weißen Nelken überreichte, erblasste sie und wurde so weiß wie die Blumen. Wahrscheinlich vor lauter Freude. Ich hatte erwartet, dass Emilias Vater, der Oberarzt, mich mit hochmütigem Blick und einem steifen Nicken empfangen würde. Stattdessen klopfte er mir zur Begrüßung auf den Rücken.

«Na, grüß dich, Bert!», sagte er. «Wie wär's mit 'nem kleinen Match im Armbiegen?»

Gesagt, getan. Dann gab's Mittagessen. Ich lächelte die ganze Zeit höflich und aß mit Messer und Gabel, während der Oberarzt mit den Fingern futterte. Nach dem Essen begleitete Emilia mich zur Tür. Sie trat näher und sah aus, als wollte sie mir einen Kuss geben. Leider konnte ich sie nicht küssen, weil ich von meinem höflichen Mittagessenlächeln einen Kieferkrampf davongetragen hatte. Stattdessen nahm ich sie in die Arme. Es wurde die wichtigste Umarmung meiner bisherigen Umarmungskarriere. Und wenn wir nicht gestorben sind, stehen wir immer noch da und umarmen uns.

Hip hop – alles tip top

12. Juni

Halli hallo!
Wollt ihr die Geschichte hören, wie ich zu meinem Namen kam? Ein zukünftiger Vater und eine zukünftige Mutter saßen in einem verregneten Berlin in einem Hotelzimmer und diskutierten über den Namen ihres zukünftigen Kindes. Sowohl Vater als auch Mutter waren sich einig, dass das Kind Moa heißen sollte, falls es ein Mädchen würde. Aber wenn es gegen alle Vermutung ein Knabe werden sollte, waren die beiden sich nicht mehr einig. Die zukünftige Mutter bestand auf den Namen Trudbert und der zukünftige Vater auf den Namen Engelbert. Dann stritten sie sich noch eine Zeit lang in ihrem Hotelzimmer, bis sie sich damit beruhigten, dass es ja sowieso kein Junge werden würde, sondern *garantiert* ein Mägdelein.

Mann, das muss ein Schock gewesen sein, als sie an dem Mägdelein ein Pimmelchen entdeckten! Das Mägdelein erhielt den Namen Bert. Und das bin ich.

Im Augenblick sitze ich in Bengtssons Café auf dem Klo. Ich hab hier einen Ferienjob. Nicht auf dem Klo, sondern im Café. Bereits nach einem Tag bin ich fast am Ende meiner Kräfte. Alles hat beinahe bestens geklappt. Hab nur aus Versehen einmal verkehrtes Wechselgeld rausgegeben. Bengtsson wurde stinksauer. Versteh ich nicht. Zwar hab ich auf einen Tausender rausgegeben, obwohl es nur ein Zehnkronenschein war. Aber deswegen so ein Trara zu machen? Ein Zehner unterscheidet sich doch bloß durch zwei Nullen von einem Tausender, und Nullen sind ja bekanntlich nichts wert. Aber Bengtsson drohte damit, mir 990 Kronen von meinem Lohn abzuziehen. Nachdem ich geweint und erklärt hatte, dass ich dann den ganzen Sommer ohne Lohn arbeiten würde, sagte er, ich müsse mir eben was einfallen lassen, um den Schaden wieder gutzumachen. Mir ist eine geniale Möglichkeit eingefallen. Ich werd allen Kunden nach und nach unbemerkt was abknöpfen. 10 Kronen hier und 5 Kronen da und in null Komma nix hab ich meine Schulden abbezahlt.

So ein Job im Café ist nicht ungefährlich. Heute Vormittag ist ein Malheur passiert. Vier Dumpfsocken kamen rein und wollten mich verarschen. Einer bestellte Eis mit Papiergeschmack und ein anderer Eis mit Radiumstreuseln. Ich musste immer wieder zu Bengtsson laufen und ihn fragen, wo wir Radiumstreusel und Kleistersahne hätten. Als alle vier höhnisch wieherten, spürte ich, wie mir ein Kloß im Hals anschwoll. Die vier Dumpfsocken weigerten sich zu bezahlen und einer ließ vor der Kasse eine Stinkbombe los. Dadurch verlor ich acht Kunden.

Dann kam ein Alki und wollte aufs Klo. Und dann wollte er das Eis auch noch mit den Händen rausschaufeln und den Kaffee direkt aus der Kanne trinken. Ich fühlte, wie es in mir zu kochen begann. Als der Saufkopf schrie, dass er ein großes Starkbier wollte, bin *ich* groß und stark geworden. Ich hatte die Schnauze voll, also hob ich den Penner einfach hoch und schmiss ihn raus in den Springbrunnen. Das hat voll reingehauen. Die vier Dumpfsocken wollten plötzlich ihr Eis bezahlen und gaben mir reichlich Trinkgeld. Dann verschwanden sie rasch und schweigend.

Kurz darauf kam der nächste Hammer. Erik beehrte mich mit einem Besuch. Als er mich in meiner Eisverkäuferuniform sah, lachte er sechs Minuten lang. Dann sagte er, dass er seinen Kumpels empfehlen wollte, ins Café zu gehen.

«Lieb von dir», sagte ich. «Damit ich mehr verdiene, meinst du?»

«Nein», sagte Erik, «damit sie endlich was zum Lachen haben!»

Dann erbettelte er sich ein Gratiseis. Ich gab ihm ein Softeis. Erik fand das Softeis zu hart. Er teilte mir mit, dass er sich seinen einen Eckzahn an dem harten Softeis ausgebissen hätte. Dann riss Erik den Mund so weit auf, dass sein Eis auf den Boden flog. Ich weigerte mich, ihm ein neues zu geben. Erik brach in Tränen aus und setzte sich zu drei anderen Vierjährigen in den Sandkasten und plärrte. Schließlich wurde es mir zu dumm, einen erwachsenen Menschen heulen zu sehen, also gab ich Erik eine trockene Waffel, an der er herumnagen konnte. Er wurde so überwältigt, dass er sich sofort an einem Waffelstück verschluckte. Dann fing er an, so laut zu husten und sich zu räuspern, dass die Kunden sich gestört fühlten.

Als Erik endlich abgezogen war, kam die nächste Katastrophe. Arne. Bekanntlich arbeitet Arne in einer Firma als Pausenkomiker. Arne erzählte, dass er gleich am ersten Tag beinahe rausgeflogen wäre. Er hatte sich als Senfkorn verkleidet und derbe Witze über die Gewerkschaft gerissen. Die Stimmung sank rapide und Arne wäre um ein Haar von einem Gabelstapler platt gebügelt worden. Er konnte gerade noch sein Leben retten, indem er ein paar abgeschmackte Witze über Bosse und Bonzen riss.

Als Arne gegangen war, rief Bengtsson mich zu einer ernsthaften Unterredung in sein Büro. Er sagte, ich müsse meinen gesellschaftlichen Umgang überprüfen. Allein heute hätte er schon zwei Vertreter der untersten Gesellschaftsschicht gesehen. Einen, der mit drei Vierjährigen im Sandkasten saß und plärrte, und einen, der als Senfkorn verkleidet war. Ein Glück, dass ich nicht noch mehr solche Freunde habe wie Erik und Arne. Dann wäre meine Eisverkäuferkarriere beendet, bevor sie überhaupt angefangen hätte.

Alles Schrott – Eisbeinkompott

19. Juni

Halli hallo!
Bin in Urlaub gewesen. In Begleitung eines Rentnervereins, der aus Mutter und Vater besteht. Wir fuhren in ein fernes, exotisches Land. Wir fuhren nach Dänemark. Ich schlug Papa vor, dass wir uns mit Bier tränken sollten, weil ich gehört hatte, dass alle Dänen so viel Bier trinken, dass sie stinken. Papa beruhigte mich damit, dass er für dieses Detail alleine sorgen werde. In Dänemark fuhren wir zu einem kleinen Hotel namens Blaue Traube, nur dass es auf Dänisch ungefähr Uhhiii Whhhaaaa Uchiii hieß.
Leider bestellte Papa unsere Zimmer. Der Däne am Empfang fragte Papa eine Menge Sachen auf Dänisch. Dummerweise versteht mein geistig leider etwas unterbelichteter Erzeuger kaum Dänisch. Er hat die Fragen des Hotelfritzen immer nur mit ja, na klar, danke, bestens und okay beantwortet. Das hätte er lieber nicht tun sollen, die ganze Familie landete nämlich in verschiedenen Zimmern. Der Einzige, der ein Einzelzimmer hatte, war ich. Anfangs freute ich mich darüber, bis ich erfuhr, mit wem Mama ihr Zimmer teilen würde. Sie würde mit drei total scharfen Teenagern in einem Zimmer schlafen. Himmelarschundzwirn, warum muss ich nur immer so ein Pech haben! Nicht auszudenken, was ich alles erlebt hätte, wenn ich Mamas Bett bekommen hätte!
Am ersten Abend klemmte ich mir ein Kissen unter den Arm, klopfte schüchtern an Mamas Tür und fragte kläglich, ob ich nicht das Bett mit ihr teilen dürfe, weil ich mich in meinem Zimmer vor der Dunkelheit fürchtete, so ganz al-

lein. Mama schien einen kleinen Zacken in der Krone zu haben, glaub ich wenigstens, sie und die drei leckeren Puddings feierten nämlich hemmungslos und wollten absolut keine Jungs dabeihaben. Ich schluchzte gekränkt, als ich zu meinem einsamen Zimmer hinüberwankte.

Am schlimmsten dran war mein Vater. Er musste das Zimmer mit zwei frisch verheirateten Herren teilen. Papa erkundigte sich, ob es ihnen denn nicht Leid täte, ohne ihre neuen Frauen übernachten zu müssen. Da erklärten die Herren freundlich, dass sie keine Frauen hätten. Sie hätten einander geheiratet. Mitten in der Nacht klopfte Papa an meine Tür und fragte, ob er mit mir in meinem Bett schlafen dürfe, weil er nicht einschlafen könne. Ich teilte Papa mit, dass mein Bett für zwei zu klein sei, aber dass er es sich gern auf dem Fußboden bequem machen dürfe und sich mit dem Vorhang zudecken könne.

Am nächsten Morgen war mein Vater am ganzen Körper total steif. Ich musste ihn ins Badezimmer schleppen und in ein warmes Bad legen, damit sein *body* wieder aufweiche. Dann besuchte ich meine bedauernswerte Mutter, die mit einem Eisbeutel auf der Stirn im Bett lag. Die drei leckeren Miezen waren nicht mehr da, aber ich konnte ihren Duft erschnuppern. Die Gelegenheit, um das Bett meiner Mutter zu verhandeln, schien günstig. Ich versprach, ihr das Frühstück ans Bett zu bringen und vier Wochen lang alle Einkäufe für sie zu erledigen. Zu meiner großen Verwunderung ging sie auf den Vorschlag ein.

Meine Mutter und ich tauschten Zimmer. Ich jubelte, bis Mama berichtete, dass die heißen Bräute nicht mehr im Zimmer wohnten. Mein Körper fluchte, aber mein Verstand sagte, dass das vielleicht ganz gut so war. So würde ich ein größeres Zimmer ganz für mich alleine haben – glaubte ich. Plötzlich ging die Tür auf und zwei dänische Rentner schleppten ihre dicken Koffer rein. Beide rauchten Zigarren, daher sah ich mich gezwungen, das Fenster zu öffnen. Da drohten die Rentner mir mit Schlägen. Ich verzog mich in Mamas Zimmer, wo ich neben Papa bequem auf dem Fußboden schlafen durfte. Aber weil ich keinen Vorhang hatte, musste ich den Rollladen runterschrauben und mich damit zudecken.

Am nächsten Tag besuchte die Familie Ljung den Vergnügungspark Tivoli. Vor dem Eingang kaufte Papa ein Los und gewann einen zwei Meter großen Plüschaffen. Der Affe war so groß, dass Papa für ihn Eintritt zahlen musste. Er wog über zwanzig Kilo, darum schaffte Papa es nicht, Karussell zu fahren, sondern setzte sich neben sein Affenmonster auf eine Parkbank.

Mama lud mich zu einer lustigen Karussellfahrt ein. Das Karussell hieß Schnurrirulli. Es drehte sich mit Lichtgeschwindigkeit im Kreis und rauf und runter und vor und zurück. Leider gab es ein kleines Missgeschick mit der Maschinerie. Das Schnurrirulli hatte sich irgendwie verhakt, daher schnurrte ich 25 Minuten lang im Kreis und rauf und runter und vor und zurück. Die ersten zwei Minuten waren wahnsinnig komisch. Die restlichen 23 waren ein Alptraum. Als die Sicherheitstechniker das elende Ding endlich zum Stehen brachten, war mir so übel, dass ich ins Gebüsch kotzen musste. Beim bloßen Gedanken an weitere lustige Fahrten ging es mir wenn möglich noch schlechter. Ich musste mit dem Taxi ins Hotel fahren. Papa warf den

Monsteraffen auf den Rücksitz. Fast wäre ich nicht ins Hotel reingelassen worden. Als ich den Monsteraffen in den Empfang schleppte, erklärte die kurzsichtige Empfangsdame in holprigem Schwedisch, dass man keine Mädchen aufs Zimmer mitnehmen dürfe. Da sagte ich laut:
«Tut mir Leid, Schatz. Du darfst nicht mit rauf. Warte solange hier unten.»
Dann setzte ich den Affen aufs Sofa und gab ihm einen Gutenachtkuss, bevor ich raufging und mir im Kabelfernsehen einen Film mit vielen Nackedeis anguckte. Das war sehr informativ und lehrreich. Als ich am nächsten Morgen zum Frühstück runterkam, war der Riesenaffe verschwunden. Ein schwedischer Tourist erzählte, dass ein paar Nachtwächter gekommen waren und einen stark behaarten, sehr großen und total besoffenen Touristen, der in der Empfangshalle eingeschlafen war, abgeholt hatten. Ich sagte, das sei ein enger Freund meines Vaters gewesen.
Nach ein paar anderen, weniger wichtigen Ereignissen in Dänemark fuhren wir heim. Jetzt sitze ich in Bengtssons Café und denke an meinen Urlaub zurück. War er wirklich so viel Aufwand und so viel Zaster wert? Vielleicht hätte ich mich mindestens so gut amüsiert, wenn ich mit dem Fahrrad in den Wald gefahren wäre und mich irgendwo ins Moor gelegt hätte. Aber dann hätte ich natürlich nie den ungewöhnlich liebenswerten Monsteraffen kennen gelernt.

Dänemark – totaler Quark

24. Juli

Hallo!
Jetzt bin ich echt voll verknallt. Total verliebt. In Emilia,
Warmwasserquelle und Engel meines Herzens. Ich bin so
verliebt, dass mir die Zehen brennen und die Nagelhäut-
chen prickeln. Am Sandstrand habe ich mich verliebt. Und
das ging so:
Wir waren alle zum Baden gefahren. Arne hatte wie immer
seine eigene Auffassung vom Baden. Er steckte von Kopf
bis Fuß in einem Gummianzug, weil er lebensgefährliche
Algen im Wasser gesehen hatte. Wir normalen Menschen
lachten über Arne, als er wie ein aufblasbarer Gummielch
in natürlicher Größe im Wasser herumtrieb. Aber nicht genug damit. Er weigerte sich auch, in der Sonne zu liegen. Er
holte eine schwarze Plane aus seinem Korb und verkroch
sich darunter. Manchmal hörten wir, dass er unter der Plane
Atemnot bekam, aber ansonsten verhielt er sich ruhig und
friedlich. Einmal glaubte ich, er sei gestorben, und verab-
reichte ihm eine Herzmassage durch die Plane hindurch.
Ich drückte fest auf die Stelle, wo ich Arnes Herz vermu-
tete. Da schrie Arne, ich solle verdammt nochmal seine
Nase in Ruhe lassen. Er streckte seine Birne vor und führte
seinen neu erworbenen Boxerzinken vor. Wir spendeten
begeisterten Beifall und baten Arne, sich selbst noch ein
paar *uppercuts* zu verpassen.
Erik weigerte sich, vom Badesteg aus ins Wasser zu springen. Er zog es vor, zweihundert Meter weiter entfernt, wo
das Wasser flach war, mit einer Rentnerin rauszuwaten.
Erik wurde rasch der Liebling sämtlicher Tanten und

musste ihnen mit einer Bürste den Rücken schrubben. Ich glaube, Erik befürchtete, die Tanten könnten ihn entführen. Er warf uns nämlich immer wieder ängstliche und flehende Blicke zu. Wir winkten ihm Lebewohl. Ich persönlich glaube, dass er mehrere fette Erbschaften zu erwarten hat, wenn die alten Tanten das Zeitliche segnen.

Louise war auch mit dabei am Strand, das ist sie immer. Beim Umziehen versuchte sie nicht wie alle anderen, sich in ein Handtuch zu wickeln, um ihre Nacktheit zu verbergen. Oh, nein, nein und nochmals nein. Louise warf einfach alle Kleider von sich und führte stolz ihre privaten Teile vor, wie der Herrgott sie geschaffen hatte. Amen, dachte ich mit schweißtriefenden Hirnpartikeln. Ich glubschte lang und ausgiebig zu ihr rüber. Schließlich bekamen meine Augen einen Krampf und blieben in dieser Lage stehen, weil ich nicht gewagt hatte zu blinzeln, um ja keine Sekunde zu verpassen. Meine Tränendrüsen waren eingetrocknet.

Emilia schlich sich von hinten an und fragte sauer, was es denn da zu glotzen gäbe. Ich drehte mich um. Sie sah traurig aus. Ich starrte sie mit aufgerissenen Augen an.

«Warum starrst du denn so?», fragte sie.

«Also, ich hab da einen Knoten am Sehnerv, der sich manchmal verklemmt.»

Emilia glaubte mir nicht. Sie sagte, sie sei davon überzeugt, dass ich Louise angeglubscht hätte, als sie sich umzog und ihre privaten Teile vorführte, wie der Herrgott sie geschaffen hatte, und dass ich nur nicht hatte blinzeln wollen, um mir ja keine saftige Einzelheit entgehen zu lassen, und dass mir daher die Tränendrüsen eingetrocknet seien.

Ich fragte, wie sie denn auf diese Idee gekommen sei, und teilte ihr den wahren Grund mit, warum der Knoten auf meinem Sehnerv sich verklemmt hatte. Ich hätte nämlich tatsächlich gesehen, wie ein Hecht aus dem Wasser gesprungen sei und einen Schmetterling geschnappt habe, dabei habe er einen solchen Salto gemacht, dass er mit einem Rückenplatscher im Wasser gelandet sei und mehrere Schuppen verloren habe. Und solche Sachen sehe man nur alle 50 Jahre einmal. Und da sei es doch nicht verwunderlich, wenn der Knoten Schwierigkeiten mache, sagte ich.

Emilia teilte mir mit, dass man in die Hölle kommt, wenn man lügt. Der Gedanke, in der Hölle zu landen und nie mehr mit Emilia und den Jungs baden gehen zu dürfen, fuhr mir echt in die Knie. Ich musste mich hinlegen und mich erholen.

Und da passierte all das Romantische: Emilia legte sich neben mich auf die Decke. Dann platzierte sie ihren Kopf auf meinem Bauch und tat so, als würde sie einschlafen. Sie lag ganz still da und ihre Haare strichen über meine Haut. Ich fühlte, dass kleine elektrische Schlümpfe in meinen Adern von den Arterien zu den Venen einen Sprint machten.

Meine Körperfunktionen wurden ausgeschaltet. Noch nie im Leben hatten sich meine Arme so fehl am Platz gefühlt. Ich wusste nicht, was ich mit ihnen anfangen sollte, also ließ ich sie ein bisschen ziellos durch die Luft flattern, bis sie um Emilia herum landeten. Leider um ihren Hals. Und als ich ein beunruhigendes Gurgeln aus ihrer Kehle vernahm, begriff ich, dass ich vielleicht zu fest zulangte. Mein linker Arm landete auf ihrem Bauch und mein rechter um ihr rechtes Ohr. Emilia hielt immer noch die Augen geschlossen, aber ich glaubte doch ein kleines glückliches Lächeln ahnen zu können. So lagen wir da, und ich wollte, dass der Augenblick nie aufhören sollte.

Nachdem wir 45 Minuten so dagelegen hatten, waren meine Arme eingeschlafen und Emilias Kopf lag wie ein Betonklotz auf meinem Bauch. Irgendwo im Gedärm spürte ich eine unangenehme Gasbildung, die sich einen Weg in die Freiheit bahnen wollte. Ich klemmte dagegen. Mein Magen begann eine Nachmittagsserenade zu spielen. Schließlich zog ich es vor, das Gas in kleinen Portionen zu dosieren. Ein leiser, giftiger Leichenduft entwich ins Freie. Mir war klar, dass ich die Situation erklären musste, und rief Arne unter seiner Plane zu, dass er mit den gefährlichen Algen im Meer vermutlich Recht hätte. Ich sagte, dass es eklig nach Algenblüte rieche. Da glaubte ich zu spüren, dass Emilia wieder lächelte, und ich selbst lächelte insgeheim auch und fand, dass ich die peinliche Situation auf elegante Art gelöst hatte.

Unsere Badeclique löste sich nach und nach auf. Als Letzte blieben Emilia und ich übrig. Sie lag immer noch auf meinem Bauch, glaube ich, denn alles Gefühl war schon längst ins Universum hinaus entschwunden. Ich schlug vor, dass wir auch heimfahren sollten. Da stand Emilia auf und küsste mich. Ich küsste zurück und stürzte vierzig Kilometer hinab in die jungfräulichen Gefilde der Liebe. Nach dem Kuss und der Gefühlswallung fuhr Emilia heim. Ich selbst blieb am Strand liegen, und zwar nicht, weil ich so wahnsinnig verliebt war, sondern, weil ich von Emilias Gewicht auf meinem Bauch im ganzen Körper einen Krampf hatte. Es dauerte eine Viertelstunde, bis ich wieder normal wurde. Dann flog ich davon auf leichten Flügeln, die aus Liebe zu Emilia bestanden.

Siebter Himmel – fideler Pimmel

18. September

Hallo!
Am Wochenende hab ich das Vöglein meines Herzens getroffen, meine Emilia. Ich und meine Schildkröte Ove fuhren mit dem Fahrrad zu ihr nach Hause. Zuerst wollten Ove und ich in Emilias Zimmer eine Popcornschlacht machen. Ich hörte auf, als Emilia mich darum bat, aber Ove machte weiter. Er warf ein Popcorn und traf Emilias Hinterkopf, als sie sich umdrehte.
«Das war nicht ich, das war Ove», sagte ich wahrheitsgetreu.
Emilia glaubte mir nicht und bestrafte mich mit zwei Küssen. Ove bekam keinen. Emilia hat gewisse Schwierigkeiten mit ihm, seit er ihr bei der ersten Begegnung in die Hand schiss. Irgendwie ist es tragisch, dass Ove keinen guten Kontakt zu seiner Stiefmutter hat. Ich hab mir schon überlegt, ob er vielleicht homosexuell ist und mich ganz für sich haben will. Möglicherweise hat er ihr deshalb in die Hand geschissen. Ich hab ihn ein paar Minuten lang allein gelassen und laut über hübsche Schildkrötenmädchen gesprochen, um ihn auf die richtige Spur zu bringen.

Emilia und ich küssen uns oft, aber nur, wenn niemand zuguckt, bis auf den schwulen Ove natürlich. Ich nehme an, das hat mit Emilias religiösem Glauben zu tun. Ein gelungener Dauerbrenner ist Sünde und bringt einen in die Hölle. In der Öffentlichkeit haben Emilia und ich uns bisher nur freundschaftlich die Hand gegeben, uns noch nie irgendwie berührt. Dafür geht's privat umso heißer her. Aber darüber will ich lieber nicht schreiben, aus Rücksicht auf deine dünnen Seiten, Tagebuch. Sonst fängst du vielleicht an zu brennen! Ha ha ha ha!

Also, als ich am Wochenende im Flur vor Emilias Zimmer stand, überfiel mich ein unbändiges Verlangen, sie zu küssen. Ich konnte meine Lippen nicht beherrschen, sondern fiel frohgemut über Emilia her. Sie leistete schwachen, symbolischen Widerstand. Als alles gerade topherrlich war, hörten wir irgendetwas, das Hmm machte.

«Was macht da Hmm? Dein Magen?», fragte ich.

«Nein, das bin ich», antwortete Herr Hmm persönlich – Emilias Vater, der Oberarzt!

Emilia verwandelte sich in einen Eiszapfen, ich mich in eine Kuckucksuhr.

«Kuckuck!», gelang es mir hervorzupressen. Dann sagte ich in rasender Eile:

«Dies ist überhaupt nicht so, wie Sie glauben, Herr Oberarzt, ich bekenne mich in sämtlichen Punkten schuldig und biete mich für alle Arten der medizinischen Forschung an, selbstverständlich dürfen Sie meinen vulgären Neigungen mit einer Lobotomie ein Ende bereiten, damit ich Ihre Tochter nicht mehr sexuell belästige!»

«Was du nicht sagst! Eigentlich wollte ich nur mitteilen,

dass es unten in der Küche etwas zu futtern gibt, falls ihr
Hunger habt. Und falls ihr keinen Hunger habt, könnt ihr
euch ja weiterküssen.»
Emilias Vater entfernte sich. Ich hörte sein dröhnendes Lachen aus der Küche.

Hip hop – alles top

9. Oktober

Hallo!
Einer meiner allerbesten Freunde heißt Erik. Er hat viele
Vorteile. Er ist klein, schwach, oft krank, hat Angst vorm
Osterhasen, zerbrechliche Knochen und ist weiberabsto-
ßend, mit anderen Worten, ein total ungefährlicher Umgang. In letzter Zeit ist einiges los gewesen mit Erik.
Als Erstes erfuhr ich, dass er mit Bodybuilding angefangen
hatte, um, wie er es nannte, «seine Männlichkeit zu beto-
nen».
Ich lachte unerhört intensiv und boshaft über ihn. Dann
stellte sich heraus, dass er nicht mit irgendwelchen Kraft-
meiern aus der Achten oder Neunten trainierte, nein, er
und ein paar Grundschüler rackerten sich fieberhaft mit
Dreikilogewichten ab. Erik beendete seine Laufbahn als
Bodybuilder, als ein Knirps aus der Zweiten ihm damit
drohte, ihm den Arm abzureißen. Jetzt überlegt er, ob er
sich beim Nähkränzchen anmelden soll, um dort Tischde-
cken zu sticken, wie er voller Selbsthass mitteilte.

Das nächste Aufsehen erregende Ereignis war, dass Erik ein Mädchen getroffen hat. Natürlich glaubte ihm anfangs kein Mensch. Jedes Mal, wenn er es erwähnte, glaubten wir, es sei der Anfang zu einem Witz. Erik erklärte, dass sie Hildur hieß und in die Siebte ging. Und plötzlich glaubten ihm alle. Wir wollten den Dickmops mit Brille, Sommersprossen und roten Haaren sofort in Augenschein nehmen. Erik war einverstanden und holte sie.

Als sie ins Zimmer kam, fing Björna instinktiv zu lachen an. Aber da gab es wirklich nichts zu lachen. Zwar hatte Hildur eine Brille und rote Haare, aber hässlich war sie nicht. Sie war eines der hübschesten Mädchen, die ich je gesehen hatte. Plötzlich spürte ich heftige Sehnsucht danach, Eriks allerbester Freund zu sein und ihn sehr oft zu besuchen, um seine Socken zu leihen, in seinen vergammelten Eishockey-alben zu blättern und seine Krankenberichte zu studieren. Dann würde ich zu Hildur sagen: Na, so was, bist du auch hier! Dann würden sie und ich ein Gespräch beginnen und Erik könnte sich in aller Ruhe seinen Krankenberichten widmen. Der bloße Gedanke, dass Erik eine Freundin hat, ist unfasslich. Aber dass sie sich dann als *total heiße Nummer* entpuppt, macht die Sache absolut unbegreiflich. Aus-gerechnet Erik!!!

Am Tag darauf wurde alles plötzlich wieder begreiflich. Wir erfuhren, dass Eriks Familie umziehen wird. Das sah schon eher nach Eriks typischem Schicksal aus – in der ei-nen Woche eine total heiße Nummer zu treffen und in der nächsten Woche aus der Stadt wegzuziehen. Erik zieht weg!!! Die Nachricht kam wie ein Schock und ist immer noch ein Schock. Wen soll ich jetzt ärgern und in den

Schwitzkasten nehmen? Wen soll ich jetzt finanziell und gesellschaftlich ausnutzen? Allerdings wird Hildur dadurch wieder frei. Muss mich erkundigen, ob Erik beim Packen Hilfe braucht.

Hip hop – alles top

13. November

Hallo!
Sitze in der Zeitungsredaktion. Dies ist schon meine zweite Woche als Journalist. Hab einen Artikel über den sehr erfolgreichen Auftritt einer bekannten Popgruppe im Nachbarort geschrieben. Es handelte sich um das hervorragende Poporchester HEMAN HUNTERS, dem der Artikelverfasser zufälligerweise angehört.
HEMAN HUNTERS traten am Samstag in einem Jugendzentrum namens Buchfink auf. Arne, der Schwerhörige, verstand es falsch. «Freut mich, dass so viele hierher ins Jugendzentrum Schmutzfink gekommen sind», brüllte er ins Mikrophon.
Der Schuppen war gerammelt voll. Als ich vor unserem Auftritt meinen E-Bass stimmte, kam Erik zu mir und fragte, ob ich immer noch daran interessiert sei, Schlagzeuger zu werden. Er könne mir eine einmalige Chance anbieten, mich am Schlagzeug zu erproben. Ich fragte Erik, was *er* denn dann spielen würde. Er erklärte, dass er hinterher unsere Sachen schleppen könnte. Mir war klar, dass Erik

nervös war. Als Trost sagte ich, dass das Publikum ihn und sein Schlagzeug besonders interessiert beobachten würde. Dann behauptete ich, eine Rhythmusgruppe aus Afrika, die das Taktgefühl der schwedischen Schlagzeuger erforschen wolle, werde als Gäste erwartet. Erik machte auf dem Absatz kehrt und begab sich aufs Klo, um sein Gesicht kalt abzuwaschen.

Unser Auftritt ging gut. Als Erstes spielten wir keine eigene Komposition, sondern *Johnny be good*, ein cooles Rockstück. Wir waren sehr zufrieden mit unserer Darbietung, bis ein Rocker im Publikum schrie:

«Seit wann soll das hier ein Sägewerk sein? Ihr klingt ja wie lauter ungehobelte Bretter!»

Das Publikum brüllte vor Lachen. Ich sah, dass Arnes Blick sich verfinsterte. Aber er sagte nichts. Erst nach dem vierten Stück kam sein Ausbruch. Dann lieferte er eine One-man-Show als Komiker und beleidigte das Publikum auf liebenswürdige und geistreiche Weise, wie er selbst fand. Allerdings war er der Einzige, der das fand. Die Rocker im Publikum regten sich über Arnes ironische Kommentare dermaßen auf, dass sie einen Lautsprecher mit den Fäusten demolierten. Da ertönte hinterm Schlagzeug eine Polizeisirene. Die Sirene war Erik, der Rotz und Wasser heulte, um sein Leben flehte und um Gnade bat. Das fanden die Rocker sehr komisch und plötzlich war Erik der große Komiker des Abends. Je mehr Erik heulte, desto lauter wieherte das Publikum. Mein journalistischer Beitrag hierüber lautete:

Die unerhört beliebte Popgruppe HEMAN HUNTERS spielte am Samstag im Jugendzentrum Buchfink. Bert Ljung, der Charmebolzen am E-Bass, spielte in jeder Beziehung am besten und zog den Jubel der Zuhörer auf sich. HEMAN HUNTERS hatten die Vorstellung mit zwei Komikern verstärkt, die einander im Laufe des Abends ablösten. Die witzigste Nummer war, als der Komiker Erik Linstett eine Polizeisirene imitierte. Der Komiker Arne Nordin hatte beim ungewöhnlich aufgeschlossenen Rockerpublikum dagegen keinen größeren Erfolg. Die Vorstellung wird als der totale Weltdurchbruch des Sängers Bert Ljung in die Geschichtsschreibung eingehen. Geschrieben von: Treb Gnujl

Hip hop – alles tip top

11. Dezember

Hallo!
Hab Gefühle im Körper und Muskeln in meinem ... trallala.
Ich denke an meine Gefühle. Meine Gefühle gehören einem Mädchen namens Emilia. Emilia ist meine honigsüße Rosennelke mit Erdbeerband, wenn du checkst, was ich meine, Tagebuch. Wenn nicht, kannst du sie ja meine Alte nennen. Im Augenblick geht mir noch eine Person im Kopf herum – Erik. Hab versucht, ihn daraus zu vertreiben, indem ich meinen Kopf an die Bettkante schlug. Das hat nicht

funktioniert. Der Grund, warum ich an Erik denke, ist, dass er mich am Sonntag überfallen und 6 Stunden und 41 Minuten über sein Gefühlsleben gefaselt hat. Er ist mit einem Mädchen namens Hildur befreundet. Erik sagte, sie hätten eine stürmische und feurige Beziehung. Aber in puncto Feurigkeit wollte er gern irgendwie weitergehen.

«Was macht man eigentlich, wenn man es satt hat, Händchen zu halten? Kann man dann einfach direkt auf die Titten losgehen?», fragte Erik vertraulich.

«Ja, mach das ruhig», sagte ich, «dann bist du schnell wieder Junggeselle. Nein, du musst ‹oh, oh, oh, Hildur› flüstern und ihr vorher ins Ohr pusten. Dann kannste auf die Titten losgehen.»

Erik bedankte sich für den guten Rat. Dann erkundigte er sich, ob ich ihn nach Nordschweden begleiten wollte.

«Was willst du denn in Nordschweden?», fragte ich.

«Das ist eine lange Geschichte.»

Erik erzählte die lange Geschichte. Sie war tatsächlich lang. Er hatte in der Zeitung gesehen, dass man neugeborenen Babys heutzutage die Ohren mit Klebstreifen anklebt, wenn sie abstehende Ohren haben. Dann brauchen sie später nicht mit Flatterohren rumzulaufen. Erik hatte es mit Kompaktkleber hinter den Ohrläppchen versucht, um seine auffällige Behinderung, das heißt seine Elefantenohren, retroaktiv zu beheben.

Es funktionierte nicht. Der Kleber verklebte Eriks Haare, sodass er sich Stoppelhaare schneiden lassen musste. Jetzt will Erik nach Nordschweden und im Archiv seiner Geburtsklinik danach forschen, wer seine Hebamme gewesen ist. Dann will er sie aufsuchen und sie an die Wand stellen und sie fragen, warum sie seine beschissenen Ohren nicht angeklebt hat.

Ich lehnte Eriks Vorschlag ab, half ihm aber auf den Weg nach Nordschweden, indem ich ihn in nördlicher Richtung aus der Wohnung warf, als er fertig gelabert hatte.

Jetzt muss ich wieder an Emilia denken. Rein technisch gesehen wird es von Mal zu Mal schwieriger, mit ihr zusammen zu sein. Je älter man wird, desto mehr Handgreiflichkeit verlangt die Liebe. Das heißt Knutschen auf der Schwierigkeitsstufe 6 bei einer Skala von 5. Also genau die Art von Knutschen, die meine alten Herrschaften zum Erblassen bringen würde. Die haben garantiert noch nie Jummi-Jummi Holldriooh miteinander getrieben. Bestimmt bin ich nur deshalb entstanden, weil Mama irgendwann mal aus Versehen Papas Unterhosen angezogen hat. Dieses Versehen hat sie nie wiederholt, daher der Geschwistermangel in der Familie. Im Frühling werd ich Emilia einen ganzen Karton voller Unterhosen aus meinem Besitz ausleihen ...

Die Liebe ist eine Himmelsmacht –
schmacht, o schmacht

23. Dezember

Halli hallo, bin wieder da!
Hier spricht Bert Ljung – schon wieder. Momentan hab ich keine Lust, Bert zu heißen, sondern ziehe es vor, mich

Schnitzelberger zu nennen. Schnitzelberger ist ein guter
Name. Ehrlich gesagt ist er so gut, dass ich meinen alten
Namen wahrscheinlich nie wieder annehmen werde.

Heute ist der Tag vor Heiligabend. Der längste Tag, den es
gibt. Jetzt ist es schon seit drei Stunden halb elf.

Vorhin rief ich Arne an.

«Hallo», sagte ich. «Ich bin's.»

«Wer?», fragte Arne.

«Schnitzelberger», sagte ich.

«Aha ... hallo. Hier Kloßbach», sagte Arne.

«Klar, hab ich doch gleich erkannt», sagte ich. «Hast du
schon was von Kötzelmann gehört?»

Nein, Arne hatte nichts von ihm gehört. Wir wussten nicht
einmal, wer Kötzelmann war, also beschlossen wir, Erik
Kötzelmann zu nennen. Dann erzählte Kloßbach mir, dass
er ein neues leidenschaftliches Hobby hat. Seine neue Lei-
denschaft heißt Koteletten.

«Wie war das?», fragte Schnitzelberger.

«Koteletten.»

Kloßbach erklärte, er hätte die große Anziehungskraft von
Koteletten entdeckt. Da seufzte ich ins Telefon und
wünschte Arne ein scheußliches Weihnachten und ein fades
neues Jahr.

«Verpiss dich», sagte Arne liebenswürdig und knallte den
Hörer auf.

Jetzt muss ich erzählen, was gestern passiert ist. Zwei Sachen sind passiert, eine am Nachmittag und eine am Abend.
Ich, Arne und Erik hatten uns als Weihnachtsmänner verkleidet und waren den ganzen Nachmittag unterwegs, um

an Türen zu klingeln und den armen Schweinen, die so leichtsinnig waren, uns aufzumachen, Weihnachtslieder vorzusingen. Dann wünschten wir ihnen frohe Weihnachten. Dieser ganze Genuss kostete mindestens fünf Kronen, die das Publikum in eine Rote-Kreuz-Büchse stecken musste. Die Rote-Kreuz-Büchse hatte Arne im November geklaut.

«Für wohltätige Zwecke», sagten wir und schauten die edlen Spender mit strahlenden Kinderaugen an.

Die wohltätigen Zwecke waren Mopedteile für Arnes altes Moped, an dem wir in unserer freien Zeit herumwerkelten. Erik wurde schon bei der ersten Tür nervös. Vor lauter Nervosität holte er vor dem Singen so tief Luft, dass er seinen falschen Bart verschluckte. Danach musste er Weihnachtsfrau sein, weil alle echten Weihnachtsmänner einen Bart haben. Damit er weiblicher wirkte, zerriss Arne Eriks Hosen und verwandelte sie so in einen Rock.

Wir verkauften außerdem auch Gratislebkuchen, ebenfalls für wohltätige Zwecke. Eine Krone pro Stück. Die Lebkuchen hatten wir selbst gebacken. Dummerweise waren die Lebkuchenfiguren im Ofen auseinander gegangen. Die Lebkuchenweiblein und -männlein hatten sich in schwule Zauberer mit Zylinderhüten, Entenpo und Riesenlatschen verwandelt.

Wir verdienten insgesamt 134 Kronen und zwei Hosenknöpfe.

Jetzt zu dem zweiten großen Ereignis von gestern. Arne hatte bei sich zu Hause eine Weihnachtsfeier für das eminente Poporchester HEMAN HUNTERS veranstaltet.

Arne spielte sich als Diktator auf und bestimmte alles. Er bestimmte, was alle sagen und tun sollten. Er behauptete, er sei der Regisseur des Abends. Erik durfte keine Nüsse essen, weil Arne bestimmt hatte, dass er getrocknete Feigen essen sollte, obwohl Erik von getrockneten Feigen am ganzen Körper einen Ausschlag bekam. Da wurde Erik hysterisch, schmiss Arne in den Schnee hinaus und seifte ihm das Gesicht mit Schnee ein. Damit war die Diktatur beendet und Arne wurde umgänglich.

Torleif verkündete eine große Neuigkeit. Mit trauriger Stimme sagte er: «Ich ziehe weg.» Alle jubelten. Torleif spielte auf seiner Flöte ein trauriges Beerdigungslied. Alle jubelten noch einmal. Arne sprang Torleif auf den Rücken und wollte Reiterturnier mit Kissen spielen. Torleif fand das unpassend. Arne landete schon wieder draußen im Schnee. In dieser Nacht sind Dinge passiert, die nicht passiert sind. Ich habe die Ereignisse in meine hinterste Gehirnrinde gesteckt und dort werde ich sie für alle Zukunft vergessen. Am besten schreibe ich sie gleich auf, solange ich mich noch daran erinnere.

Alle Mitglieder von HEMAN HUNTERS rasten splitternackt in die Winternacht hinaus und schmissen sich in den Schnee. Leider hielten wir nicht die Klappe, sondern schrien und brüllten wie lauter irre nackte Hunde. Eine Nachbarin wachte auf und beobachtete das schreckliche Treiben vom Fenster aus. Dann rief sie bei der Polizei an und sagte, vor ihrem Haus würden sich fünf nackte Vergewaltiger im Schnee wälzen. Die Polizei kam und HEMAN HUNTERS streckten die Arme in die Luft. Erik erlitt einen seelischen Kollaps. Er weinte und gestand sämtliche

Vergehen. Dann versuchte er, die Polizisten zu bestechen, und versprach ihnen sein ganzes Vermögen auf Schweizer Konten zu überweisen, Hauptsache, sie vertuschten die ganze Geschichte.

«Welche Geschichte?», fragten die Polizisten erstaunt.

Erik trat einen Schritt näher und flüsterte:

«Ich will nicht, dass es sich herumspricht, dass mein einsamer Egon unterm Nabel noch keine männlichen Haare hat.»

Die Polizisten lachten Tränen. Dann sagten sie, wir sollten ins Haus zurück und die Nachbarn nicht mehr stören. Und dann fuhren sie davon.

Dies also war das Ereignis, das nie passiert ist. Was heißt da passiert? Ist doch überhaupt nichts passiert.

Polizei, Polizei – Kartoffelbrei

15. Januar

Hallo! Ich schreibe heute in mein funkelnagelneues Tagebuch. Der Schreiber dieser Zeilen heißt Bert Ljung und ist fünfzehn Jahre alt minus einen Monat und sechs Tage. Wenn ich endlich fünfzehn bin, verändert sich mein ganzes Leben. Dann darf ich Moped fahren und Kinder machen. Das Erstere habe ich schon zweimal getan. Das Letztere würde ich gern tun, ich träume pausenlos davon. Ansonsten bin ich ein ziemlich normaler Junge. Meine Mutter heißt Madeleine und ist Busfahrerin. Mein Vater heißt Fredrik und ist Optiker. Meine Herzallerliebste heißt Emilia. Meine beiden besten Freunde heißen Arne und Erik. Die sind allerdings nicht besonders normal. Und außerdem habe ich eine Schildkröte namens Ove.

Einmal hab ich versucht, Ove eine Frau zu besorgen. Ich brachte ihn in eine Zoohandlung und versuchte, ihn dort mit einer echt heißen Schildkrötendame zu paaren. Aber Ove zeigte nur mäßiges Interesse. Stattdessen versuchte er, sich mit einem weißen Papagei zu paaren und mit einem männlichen Widderkarnickel und außerdem mit einer Aquariendekoration, die eine afrikanische Sumpfpflanze darstellen sollte. Bei dieser perversen Veranlagung wird Ove bestimmt Junggeselle bleiben. Vermutlich habe ich ihn angesteckt. Ich hab nämlich ebenfalls die wahnsinnigsten sexuellen Phantasien. Garantiert bin ich der einzige Junge auf der Welt, der so viel pornographisches Zeug denkt wie ich, das zukünftige Sexmonster. Beim Busfahren werd ich sämtliche Mädchen hemmungslos unsittlich belästigen. Das heißt, natürlich nur, wenn meine Mutter nicht gerade am Steuer sitzt. Dann ziehe ich meinen Sonntagsanzug an und begrüße alle Herren mit «Schönen guten Tag, Herr Geheimrat» und alle Damen mit «Ich küsse Ihre Hand, Madame». Dann kann meine Mutter sehr stolz auf ihren Sohn sein.

Jetzt werd ich über meine zukünftige Laufbahn als Raser schreiben. Zu meinem fünfzehnten Geburtstag am 21. Februar wünsch ich mir ein Moped. Wenn ich daran zurückdenke, wie spärlich meine Weihnachtsgeschenke ausgefallen sind, ist doch klar, dass ich ein teures Geburtstagsgeschenk kriege. Ein Moped ist ein teures Geburtstagsgeschenk. Ein Reitpferd natürlich auch. Aber das hab ich mir nicht gewünscht. Sollte ich trotzdem eines kriegen, starte ich eine Karriere als neuer Zorro. Zorro, der Finstere Fremde, Verführer der Frauen. Aber der neue Zorro wird nicht die Reichen und Starken berauben, um den Schwachen seine Beute zu schenken. Nein, der neue Zorro wird allen Zaster sich selbst schenken, anstatt einmal im Monat Geld in eine Rentenversicherung einzubezahlen wie der schwachsinnige Vater des neuen Zorro. Haha. Der neue Zorro stößt ein eiskaltes Lachen aus.

Dieses Jahr enthält viele neue Möglichkeiten. Drei Sachen werd ich mir dieses Jahr zulegen: ein Moped, Kinder und ein Computerspiel.

Ich werd meinem Sohn Jerpa bestimmt ein guter Vater sein. Jerpa darf immer auf meinen Schultern sitzen, wenn ich in der Schule Mathe hab. Dann darf er mir helfen. Wenn ich etwas an den Fingern abzählen muss, kann ich auch Jerpas Finger benützen. Damit ist die Chance, dass ich richtig rechne, doppelt so groß. Wenn ich Emilia wieder treffe, werde ich sie über das Jerpa-Projekt informieren und ihr vorschlagen, dass wir die Vorarbeiten schon einmal in Angriff nehmen.

Aber wahrscheinlich warte ich doch lieber bis nach dem 21. Februar, damit alles schön legal bleibt.

Jippije – kleiner Zeh

Samstag, 22. Februar *(am Tag danach)*

Kontakt gesucht mit reifen Frauen zwischen 16 und 38, die sich einem neugierigen, faszinierenden und *legalen* fünfzehnjährigen jungen Mann widmen wollen. Antwort erbeten an: Nichts den Eltern verraten.

Für Bert Ljung hat das Hei-leif-Leben endlich angefangen. ICH BIN FÜNFZEHN. Ich habe meine männliche Freiheit erhalten. Ich kann meine körperlichen Experimente bei vollem Tageslicht in Angriff nehmen und brauche mich nicht im Dunkeln zu verstecken. Allerdings werde ich dafür wohl gar keine Zeit haben. Inzwischen hab ich nämlich einen neuen Freund, der meine ganze Zeit beansprucht. Einen sehr guten Freund. Er heißt Quickly und ist ein treues, kameradschaftliches Moped. Quickly ist am Einundzwanzigsten dieses Monats, an meinem Geburtstag, bei mir eingezogen. Und das hat sich so abgespielt:

Meine Eltern weckten mich zum fünfzehnten Mal in meinem Leben mit dem Lied *Viel Glück und viel Segen*. Und zum fünfzehnten Mal lag ich schon wach im Bett, als sie ins Zimmer kamen. Aber diesmal kamen sie zum ersten Mal ohne Geschenke.

Sie kamen einfach an mein Bett gestiefelt und schüttelten mir diplomatisch das Brikett. Dann gingen sie aus dem Zimmer.

Meinem Herzen musste der Magen ausgepumpt werden. Meine Nerven schrillten in anfallartigen Nervenzusammenbrüchen. *Keine Geschenke!*

Ich sprang aus dem Bett und riss die Tür auf. Und was sahen meine unschuldigen Augen? Meine Eltern fuhren auf

einem blauen Quickly-Tretmoped auf dem Wohnzimmer-
parkett spazieren.

«Unserem großen Jungen alles Gute zum Geburtstag!»,
schrien sie, und mein Alter gab ein wenig Gas. Ich
schluckte, um nicht loszuheulen. Alles war so ergreifend.
Bis mein Alter eine Schau abziehen und direkt vor der Vitrine eine Vollbremsung machen wollte. Dieser verkalkte
alte Dackel hatte vergessen, auf welcher Seite die Hand-
bremse saß. Er zog an der Kupplung statt an der Hand-
bremse, sodass die flotte Vollbremsung gar keine Vollbremsung wurde, sondern ein Frontalzusammenstoß mit
der Vitrine. Meine Mutter, die hinter ihm saß, wurde über
meinen Alten katapultiert und zerquetschte ihm die Eier,
während sie sich selbst mitten in die Vitrine platzierte,
direkt auf die schönen Sektgläser, die sie zur Hochzeit bekommen hatten. Alle Hochzeitsgläser gingen in Scher-
ben.

Das macht nichts, sagt meine Mutter, nach diesem Happening wird mein Alter sowieso bald allein stehend sein.
Der Geburtstagsmorgen war rundum gelungen. Mein funkelnagelneues Moped wurde zu einem ziemlich gebrauch-
ten Kraftrad, und der Allerwerteste meiner Mutter ist so
voller Schnittwunden, dass sie die nächsten drei Wochen
über die Rückenlehne des Sessels gekippt schlafen muss,
mit nacktem Hintern natürlich.

Mein Alter hatte Glück. Er flitzte zur Familie Panatta runter und versteckte sich dort vor meiner Mutter.

Am Nachmittag kamen meine speziell eingeladenen
Freunde Arne und Erik. Sie schenkten mir eine Feldstein-
sammlung, die sie selbst gesammelt hatten. Ich bedankte

mich herzlich und sagte, dass ich mich auf Arnes Geburtstag freue, da gehe ich nämlich in den Wald und sammle ihm eine wunderschöne, hochinteressante Rindensammlung. Arne erblasste leicht und schenkte mir noch eine Tafel Schokolade.

Als Emilia kam, das Licht meiner Tage, die Sonne meines Herzens, tischte ich das Festessen auf. Das Essen bestand aus einer Torte, die ich ganz allein gebacken hatte, einer Sandwichtorte, einer Eiscremetorte und einer Biskuitrolle. Diese vier leckeren Torten hatte ich alle in den Mixer gesteckt und eine total leckere gemeinsame Torte daraus gemacht. Emilia sagte, sie verzichte auf die Spezialtorte. Sie wolle *ihren* fünfzehnten Geburtstag noch erleben, genau wie ich. Ich kapierte nicht ganz, was sie damit meinte. Aber eine Sache kapierte ich doch. Emilias Geschenk. Sie schenkte mir einen Strauß weiße Nelken. Diese Anspielung hab ich geschnallt. Emilias Liebe zu mir ist rein wie Schnee. Sehr sinnig, was?

Jippije und jippiji –
happy birthday to me!

4. März, ungefähr 7 Uhr

Mein Leben nähert sich dem Ende. Es ist fraglich, ob ich diese Tagebucheintragung überleben werde. Der Grund heißt Liebe oder vielmehr Mangel an Liebe. Emilia hat mich verlassen! Völlig überraschend!

Mein Leben ist jetzt unnötig geworden. Ich kann mir genauso gut einen Spaten besorgen und mich irgendwo vergraben.

Folgendermaßen hat sich die Tragödie abgespielt:

Vor drei Tagen bin ich auf meinem edlen Gefährten Quickly zu Emilia gefahren. Ich hatte vor, mit ihr über den Zeitpunkt zu diskutieren, wann wir uns Kinder zulegen wollten, und ihr vorzuschlagen, vielleicht allmählich mit dem Training anzufangen. Aber das wollte Emilia nicht. Als ich in ihr Zimmer kam, machte sie ein saures Gesicht.

«Hallo, Darling», sagte ich liebevoll.

«Fatzke!», antwortete Emilia nicht ganz so liebevoll.

Da glaubte ich aus Emilias Wandschrank Beifall zu hören. Emilia ist wirklich ein entzückender kleiner Scherzkeks, dachte ich und versuchte ebenfalls zu scherzen, indem ich einen lautstarken Rülpser von mir gab.

«Ekel!», antwortete Emilia tief beeindruckt.

Da glaubte ich wieder aus dem Wandschrank Beifall zu hören, dachte mir aber nichts dabei.

Ich fragte Emilia, was denn los sei. Ob ihr was wehtue?

«Ja, meine Augen», antwortete Emilia sauer. Sie wandte sich von mir ab und holte tief Luft. Dann sagte sie:

«Ich finde dich hässlich!»

Ich traute meinen Ohren nicht. Schnell pulte ich ein bisschen Wachs aus ihnen raus und fragte stotternd mit tränenerstickter Stimme:

«Wa … wa … was … ha … hast … du … gesagt?»

Emilia drehte sich zu mir um, sah mich mit tödlichem Blick an und rief halblaut:

«ICH FINDE DICH HÄSSLICH!!!»

Meine Knie füllten sich mit Buttermilch. Ich konnte mich nicht mehr aufrecht halten und stürzte als klebriger Buttermilchhaufen zu Boden. Meine Mitesser schossen mir ganz von allein aus der Nase. Meine Ohren rollten sich zu Tischtennisbällen zusammen und meine Haare troffen vor fettigem Schweiß. Ich begann zu sterben.

Im Wandschrank wurde gepfiffen und Beifall geklatscht. Inzwischen war ich davon überzeugt, dass sich jemand in dem Schrank aufhielt. Wahrscheinlich ein junger, gut aussehender Typ, der mit Emilia Kinder machen will, nachdem ich jetzt aus dem Spiel bin.

Langsam, mit gelähmten Gliedern, schleppte ich mich zur Schranktür und öffnete sie. Hinter der Tür stand ARNE. Meine Schleimhäute verwandelten sich in Wüsteneien und meine Tränendrüsen schwemmten über.

Arne! Mein langjähriger bester Freund hatte mich direkt vor meiner pickligen Nase betrogen. Emilia und Arne waren insgeheim ein Paar. Ich, der Hässliche, hatte die Pest. Meine Eingeweide schlugen Saltos und verknoteten sich zu dicken Klumpen. Mir wurde kotzübel. Wortlos raffte ich mich vom Boden auf und rannte davon.

Mein Leben ist an einen Wendepunkt gekommen. Ich bin kein Kind mehr, sondern ein junger Mann. Ein Junggeselle. Am besten werd ich ein alkoholisierter Junggeselle. Bin von zwei Menschen verraten worden, die mir besonders nahe standen. Von einem Freund und einer Frau. *Scheiß-Arne!* Arne hat mein Leben zerstört. Ich werde ihn immer hassen. Er ist der Feind meines Lebens. Andererseits werde ich bald kein Leben mehr haben, also kann er nicht der Feind meines *Lebens* sein. Hm ... Ich glaube, ich bleibe doch am Leben, und zwar bloß, um Arne und Emilia zu piesacken.

Rache ist Blutwurst

Sonntag, 15. 3.

Es ist Frühling. Ich spüre den Frühling im ganzen Körper, aber vor allem in der Mittelpartie. Mein Onkel Tom trainiert tüchtig für seine zukünftige Aufgabe als Fahnenstange – oder als Ahnenstange. Mit anderen Worten – supergeiler Ständer.

Seit es Frühling ist, passiert mir das extrem oft. Ich versuche meinen peinlichen Zustand zu verbergen, indem ich vornübergebeugt rumlaufe. Inzwischen laufe ich so oft vornübergebeugt herum, dass man mich in der Schule nur noch den Glöckner von Notre-Dame nennt.

Wenn mein Zu-Stand besonders verheerend ist, ziehe ich die weitesten Hosen meines Alten Herrn an. Die sehen aus wie ein Zelt, und das ist gut. Dann kann Onkel Tom frei im Zelt schweben, und ich kann aufrecht gehen und brauche mich nicht mehr als Glöckner von Notre-Dame zu fühlen.

Einen Nachteil hat die Sackhose allerdings – sie ist tierisch scheußlich! Sie ist so scheußlich, dass nicht mal mein Alter was mit ihr anfangen kann. Aber nicht umsonst bin ich der Knabe mit dem Superhirn. Mir ist ein Trick eingefallen, damit mich niemand wegen der scheußlichen Hose veräppeln

kann. Ich ziehe einfach ein megascheußliches Hemd, megascheußliche Schuhe und eine megascheußliche Mütze an
und behaupte dann, ich sei ein origineller Trendsetter. Das
haut echt gut hin. Inzwischen tragen mehrere Jungs in der
Schule megascheußliche Sackhosen. Vielleicht wollen die
auch nur verbergen, dass der Frühling kommt. Aber nein,
bestimmt bin ich der einzige Junge auf der ganzen Welt, der
pausenlos einen Steifen hat.

Wenn es Frühling ist, muss man sich in leichte Frühlingsklamotten werfen, in der Stadt herumlungern und scharfe
Weiber anpeilen.

Gestern haben ich, Erik und Benny das getan. Wir haben
uns in leichte Frühlingsklamotten geworfen, ich und Benny
hatten megascheußliche Sackhosen aus Baumwolle und
Wollpullis an. Erik hatte Frühling mit Sommer verwechselt
und kam in Shorts und dünnem T-Shirt an. Pech für Erik,
dass nur sechs Grad waren.

Nach 23 Minuten in der frischen Frühlingsluft bekam Erik
Blasenkatarrh, und sein sowieso winziges Pimmelmänn-
chen schnurrte zu einer mikroskopischen Erbse zusammen.

Außerdem legte er sich eine dekorative Gänsehaut zu, worauf Benny und ich ihn «Das Gänsehautkondom» nannten.
Als Eriks Gänsehaut sich blau verfärbte, kaufte ich ihm in
einem Secondhandshop einen Overall. Der Overall war tierisch scheußlich, und als Erik ihn anzog, verwandelte er sich
in einen Clown. Benny und ich brachen roh in Gelächter
aus, ha, ha, ha.

Dann machten wir uns an die Arbeit. Wir hatten ja vor,
scharfe Weiber anzupeilen. Also postierten wir uns am

Marktplatz und warteten darauf, dass ein paar Leckerbissen vorbeiwandern würden. Zwei Stunden später waren immer noch keine Leckerschmeckerchen vorbeigekommen.

Benny begann zu verzweifeln und schlug vor, dass wir lieber alte Omis anpeilen sollten. Ich klopfte fest an Bennys halb erfrorenen Schädel, um ihn aus diesen Albträumen aufzuwecken.

Nach vier Stunden fingen wir an, hinter Spatzen herzupfeifen, da sich einfach keine Weiber blicken ließen. Als unsere Hintern beinah an der Bank festgefroren waren, kamen endlich zwei scharfe Nummern vorbei. Wir versuchten, hinter ihnen herzupfeifen, aber unsere Lippen waren zu kalt. Also mussten wir hinter ihnen herrufen.

«Ööhhh! Ööhhh!», riefen wir total geil.

Die Zuckerpüppchen kamen zu uns her. Wir fühlten uns wie echte Sexprotze und unsere megascheußlichen Sackhosen kamen zur Anwendung. Benny schaffte es als Erster, etwas zu sagen:

«Öhh? Und was macht ihr so?»

Die beiden Süßen guckten uns an und kicherten. Unsere megascheußlichen Sackhosen drohten zu platzen und Eriks tierisch scheußlicher Overall wurde plötzlich zu klein. Da sagte die eine:

«Wie seht ihr denn aus?»

«Äh ... was?», sagten Erik, ich und Benny im Chor.

«Ihr seht wie drei alte Spanner aus mit euren megascheußlichen Hosen, die ja bloß verstecken sollen, dass ihr 'nen Steifen habt. Igitt, ihr seid echt superfies!»

Das andere Zuckerpüppchen sagte:

«SCHMIERIG!»

Dann gingen sie. Zurück blieben drei hässliche Jünglinge
mit kältegeschockten Ärschen und zerschmetterten Sex-
träumen.

Halli hallo –
Griff ins Klo

1. April *(kein Scherz)*

Jetzt werd ich ein Märchen erzählen, das leider wahr ist.
Das Märchen handelt von meiner Klasse. Wir haben an
einem Fußballturnier teilgenommen. Alle Klassen haben
mitgemacht. Unsere Klasse hatte gute Chancen. Viele von
uns spielen in einem richtigen Verein Fußball.
Das Ganze fing schlecht an. Ich warf nämlich einen Blick in
die Turnhalle und sah, dass schon eine Menge Publikum gekommen war. Vor allem viele hübsche Girls im Turndress.
Mein Körper reagierte blitzschnell. So ein verdammter
Mist! Jetzt konnte ich nicht mehr mit sicherem Ballgespür
herumrennen und meine Gegner austricksen. Als ich an all
die vielen hübschen Girls dachte, die im Publikum saßen
und sich darauf freuten, einen richtig verschwitzten Fuß-
ballhelden zu sehen, wurde erst meine Mittelpartie steif,
danach versteiften meine übrigen Glieder.
Ich meisterte die Situation, indem ich ein T-Shirt in Zeltfor-
mat anzog, das mir bis an die Knie reichte und meinen *sehr*
peinlichen Zustand erfolgreich verbarg. Das war schlau von
mir, abgesehen davon, dass ich mich in dem T-Shirt-Zelt

kaum bewegen konnte. Auf jeden Fall konnte ich nicht mehr mit sicherem Ballgespür herumwetzen und meine Gegner austricksen. Auch egal, dachte ich. Dann spiel ich eben Verteidiger und sorge dafür, dass der Platz vor dem eigenen Tor sauber bleibt.

Das erste Spiel war das wichtigste und schwierigste. Die 8 F war unser Gegner. Vier, fünf Jungs aus der 8 F sind im selben Fußballverein wie ich. Zehn Minuten lang lief alles ganz gut, dann führte die 8 F mit 3 : 0. Aus unerklärlichen Gründen bekam ich es nie mit, wenn ein Tor fiel. Ich sah nichts außer einer Menge hübscher Girls im Turndress. Benny kam zu mir her und drehte mir die Nase um und sagte, ich solle mir meine Pornogedanken bis zur Pause aufheben. Jetzt gehe es um die Klassenehre. Wir dürften unter keinen Umständen gegen die 8 F verlieren, denn dann könnten wir das restliche Schuljahr genauso gut vergessen. Ich sammelte meine Gedanken und begann mich aufs Spiel zu konzentrieren. Das half. Nach 24 Minuten stand es 3 : 3. Das Spiel war schön ausgewogen und spannend.

Da kam Tomas aus der 8 F auf unser Tor zugerast. Der Torwart stand beinah ungeschützt da, als Benny sich wie durch ein Wunder opferte und Tomas umrempelte, danach sauste er direkt in die Sprossenwand und verstauchte sich beide Füße. Benny wollte das restliche Spiel auf Krücken weiterspielen, aber das erlaubte unser Turnlehrer nicht. Wir mussten einen Ersatzmann ins Spiel schicken, hatten aber dummerweise keinen. Der Einzige, der zur Verfügung stand, war Erik, und da hätten wir ja genauso gut meine steifbeinige Oma nehmen können.

Nach langen Diskussionen kamen wir zu dem Schluss, dass

es trotz allem doch besser wäre, einen Spieler vor dem Tor herumstehen zu haben, als ein Mann zu wenig zu sein. Also beschlossen wir, Erik ins Spiel zu zwingen. Das war ein schlechter Beschluss.

Nach fünf Minuten stand Erik zufällig vor einem leeren Gegnertor und bekam den Ball. Erik wurde steif wie ein Stock. Dann wurde er steif wie ein Stahlrohr. Und dann wurde er noch steifer. Alles war wie in einem Traum. Erik hatte die Möglichkeit, das Spiel mit einer einfachen Breitseite zu entscheiden, aber nichts geschah. Sämtliche Aktivitäten erstarben. Alle starrten Erik an, der von Kopf bis Fuß in Schweiß badete und eine Gänsehaut hatte.

Plötzlich machte Erik einen Rückwärtssalto aus dem Stand und landete auf dem Rücken. Da ergriff die 8 F die Gelegenheit, das Spiel zu entscheiden. Es ging mit 4 : 3 zu Ende. Hinterher fragte ich Erik, was zum Teufel er eigentlich gemacht hatte. Warum hatte er den Ball nicht reingeschossen?

«Hab's versucht», piepste Erik. «Konnte mich aber nicht entscheiden, ob ich links- oder rechtsfüßig bin, also hab ich die Füße selbst entscheiden lassen und da wollten beide Füße gleichzeitig das Tor schießen.»

Ich hörte dem Spatzenhirn zu, dann bat ich ihn, nach Hause zu gehen und sich hinzulegen.

«Warum denn?», wollte Erik unruhig wissen.

«Du siehst ganz so aus, als könntest du jeden Moment aufamseln», sagte ich mühsam beherrscht und stellte mir vor, wie man einen Menschen am besten zerbröselt.

Erik rannte so schnell wie möglich nach Hause und kroch ins Bett. Wenn er jemals wieder in die Schule kommt, werd

ich ihn zerbröseln und die Einzelteile an pensionierte Fuß-
baller und Fußballerwitwen verschenken.

Jippije – kleiner Zeh

Erster Mai

Ich bin in einem Camp. Aber in keinem Militärcamp. Auch
in keinem Gefangenencamp. Auch in keinem Pfadfinder-
camp. In einem Klassencamp. Wir sind seit 24 Stunden im
Schullandheim.
Als wir hier im Urwald ankamen, haben wir als Allererstes
die Zimmer verteilt. Ich, Arne und Erik haben natürlich dafür gesorgt, dass wir ins selbe Zimmer kommen. Elis Persson wollte auch zu uns ziehen. Elis Persson ist ein Angeber
und ein Klugscheißer, außerdem hat er einen reichen
Daddy, und er selbst ist clever, hat jede Menge Chancen bei
den Mädchen und ist ein Spitzensportler. Kurz gesagt, ein
totaler Kotzbrocken. Wir weigerten uns, das Zimmer mit
ihm zu teilen. Ich behauptete, Arne sei schwul und würde
gern zu seinen Zimmernachbarn ins Bett kriechen, wenn er
nachts Albträume hätte. Elis Persson erblasste und schläft
jetzt bei zwei Lehrern im Zimmer.
Ich, Arne und Erik haben unser Zimmer zum selbständigen Staat ausgerufen und die neue Nation Arnebertland getauft. Als Erik protestierte, haben wir eine unbedeutende
Provinz in Arnebertland Erik-City getauft, nämlich das
Waschbecken. Alle waren zufrieden. Die beiden Regie-

rungschefs von Arnebertland und ein freigelassener Sklave schrieben sofort die Gesetze des Staates auf einer Klorolle auf. Ein wichtiges Gesetz ist, dass alle Mädchen, die uns besuchen wollen, nichts als einen Schlüpfer anhaben dürfen. Darüber mussten wir rau und herzlich lachen, bis Louise draußen im Korridor Jeans und Pulli auszog und reinkommen wollte.

Da sind wir so erschrocken, dass wir Louise sofort weggejagt haben. Die ganze Nacht mussten wir das Licht anlassen, weil uns das Erlebnis so geschockt hatte. Aber ich konnte trotzdem nicht schlafen. Ich lag in meinem Bett und verfluchte mich selbst und hätte meinen Kopf am liebsten per Knopfdruck in die Luft gejagt und den ganzen restlichen Bert dazu.

Warum zum Henker hatte ich die Gelegenheit nicht beim Schopf gepackt? Warum hatte ich mich nicht auf ein paar nächtliche pimmelbetonte Aktivitäten mit Louise eingelassen, als sie im bloßen Schlüpfer einen halben Meter von mir stand? Warum? Warum? Mein Körper wurde von der Stirn bis zu den Zehennägeln so enttäuscht und steif, dass ich unter der Bettdecke zu flennen anfing. Ich kapier immer noch nicht, warum ich Louise nicht zu einem nächtlichen Ausflug ins Zeitalter der Erotik eingeladen hab.

Als ich so unter der Bettdecke vor mich hin heulte, hörte ich seltsame Geräusche. Ich linste unter meiner nassen Wolldecke hervor und merkte, dass unter Arnes Bettdecke geschluchzt und gewimmert wurde. Plötzlich strecke Arne seine Rübe raus und wollte wissen, warum wir Volltrottel die Chance mit Louise vermasselt hatten. Ich konnte ihm keine Antwort geben. Auch keinen Trost. Dann schauten

wir zu Erik rüber, um festzustellen, ob der auch wegen
der versäumten Molcherei heulen musste. Aber Erik
schnarchte. Da drehte ich mich zu Arne um und wollte ihm
vorschlagen, Eriks Arm in eine Schüssel mit Wasser zu stecken, damit er ins Bett pinkelte. Aber Arne, diese Pflaume,
war eingeschlafen! Jetzt hatte ich gute Lust, dafür zu sorgen, dass beide Verräter in die Hose machten. Ich kam aber
nie dazu, meine terroristischen Pläne auszuführen. Ich
schlief nämlich ein.
Kurz darauf wachte ich von einem Gebrüll auf. Erik kam zu
mir hergestürzt. Er war noch halb im Schlaf und schrie, der
Teufel würde in seinem Kopfkissen hocken und ihm ins
Ohr murmeln. Dann flehte er mich an, sein Kopfkissen anzuschauen.
«Du hast wohl Matsch in der Birne», sagte ich. «Hab echt
keinen Bock, den Teufel kennen zu lernen!»
Da hörte ich plötzlich ein dumpfes Murmeln.
«Teufel! Teufel! Jetzt packen wir ihn ...»
Ich erstarrte mindestens vier Sekunden lang vor Schreck.
Dann sah ich, wer der Teufel war. Es war Arne, der im
Schlaf redete.
Ich bat Erik ebenso unfreundlich wie bestimmt, sich mög-
lichst weit unter einem Misthaufen zu verkriechen. Erik
versuchte witzig zu sein und verkroch sich unter dem schlafenden Arne. In diesem Moment ging die Tür auf und Elis
Persson kam herein, weil er mit uns Comics tauschen
wollte. Aber sein Tauschinteresse erlosch rasch, als er sah,
was er sah. Er sah nämlich den schwulen Arne auf Erik liegen. Elis Persson stieß einen Schrei des Entsetzens aus,
dann stürzte er aus Arnebertland hinaus.

Mir war sofort klar, was passieren würde. Alle würden uns verdächtigen, eine Schwuchtelmafia zu sein, die, als drei normale Schüler getarnt, sämtliche Jungs davon überzeugen wollte, dass sie eigentlich auf Boys stehen und nicht auf Girls. Und dabei bin ich doch der einzige Junge auf der Welt, der so pausenlos und so viel an nackte Weiber denkt. Einmal hab ich allerdings auch an einen nackten Jungen gedacht. Das war, als ich an Eriks haarloses Pullemännchen dachte und mir überlegte, ob ich ihm eine Perücke dafür schenken sollte.

Aber jetzt war volle Krise. Ich raste hinter Elis Persson her, um ihm alles zu erklären.

«Küss mich nicht!», flehte Elis, als ich mich näherte.

Das tat ich auch nicht. Ich erklärte ihm alles. Dass die Geschichte mit dem schwulen Arne von Anfang an eine Lüge war. Und dass er gern in unserem Zimmer wohnen durfte. Und das tut er jetzt auch, leider. Ich weiß nicht recht, was besser ist – als Schwulibert verdächtigt zu werden oder Elis Persson im Zimmer zu haben.

Jippije – Gespensterzeh

Sonntag, 3. 5., 15.39.08

Sitze im Bus auf der Heimfahrt vom Schullandheim. Muss dringend berichten, was gestern Abend passiert ist. Im selbständigen Staat Arnebertland ging's heiß her. Wir haben Poker gespielt. Aber kein normales Poker, sondern

168

Strippoker. Eine irre scharfe Sache. Wär vielleicht noch schärfer gewesen, wenn Weiber mitgespielt hätten. Haben sie aber nicht. Auf jeden Fall nicht von Anfang an. Erik blieb wie immer seiner Lebenstradition treu und demonstrierte seine totale Unfähigkeit als Kartenspieler. Er verlor jedes Mal. Zum Schluss hockte er nackt da.

Und da ist's passiert. Die Weiber kamen rein – und vor ihnen hockte Erik. Splitterfasernackt! Der nackte Knabe geriet in Panik. Aber leider völlig grundlos. Die Mädchen merkten gar nicht, dass Erik nackt war. Ehrlich wahr! Sie fragten bloß, ob sie beim Strippoker mitmachen dürften. Niemand hatte was dagegen. Rut und Jaana setzten sich links und rechts von Erik hin. Jetzt hätten sie doch entdecken müssen, dass Erik nackt war, aber nein!

Erik war so enttäuscht, weil die Weiber sich nicht die Erbse für seinen nackten Body interessierten, dass er beschloss, etwas dagegen zu unternehmen. Er stellte sich auf den Tisch und ließ den Pimmel flattern. Wir Jungs bogen uns vor Lachen. Aber die Mädchen bemerkten das Geflattere nicht mal. Eriks Pimmelmäuschen ist so winzig, fast minuszentimeterklein, dass die Mädchen meinten, er hätte eine Turnhose mit einer nach außen gestülpten Hosentasche an. Erik gab seine exhibitionistischen Versuche auf und zog sich an.

Inzwischen waren wir eine große Strippokerrunde – ich, Arne, Benny, Björna, Jansson, Erik, Louise, Jaana, Rut und die dicke Mika.

Vier Weiber und sechs Jungs.

Wir sahen ein, dass zwei Jungs unbeweibt bleiben würden.

«Natürlich Erik und Jansson», wieherte Arne und sabberte Jaana an.

Es wurden Arne und ich.

Die Mädchen behaupteten, Arne würde nach Käsefüßen riechen. Das tut er aber nicht. Es ist Björna, der an seinen Füßen eine chemische Exportindustrie mit sich rumträgt. Aber Björna hat mehr Chancen bei den Weibern als Arne. Sie finden, dass Björna viel besser aussieht, also kann es ja unmöglich Supermann Björna sein, der so stinkt. Also muss es der Dünnbrettbohrer Arne sein.

«Menschenskinder, riecht doch selbst an meinen Zehen!», schrie Arne. Er war völlig außer sich vor Verzweiflung, weil er sich doch so auf ein Mädchen gefreut hatte.

Aber Arne bekam keine, Björna nahm drei, und Erik, dieser Verräter, wurde von Rut abgeschleppt. Den restlichen vier tief betrübten Jünglingen blieb nur übrig, sich gegenseitig tief in die Augen zu blicken. Björna rülpste all seinen Weibern laut vor und dann zwang er sie zu priemen. Da dachten wir Verlassenen, jetzt aber, jetzt, du Angeber, werden die Weiber dich abfahren lassen!

Haben sie aber nicht. Dadurch wurden die Weiber nämlich nur noch schärfer auf diesen Scheißbüffel Björna.

Ich kapier einfach nicht, wie Mädchen ticken. Sind gute Manieren denn völlig out? Wollen die Tussis tatsächlich fußschweißstinkende, priemende Brutalos haben, die sie andauernd anrülpsen? Na ja, dachte ich, dann muss man sich eben recht schweinisch benehmen, wenn man mit Mädchen zusammen ist.

Ich wollte ihnen auch imponieren, damit sie auf mich abfahren. Also stand ich auf und furzte Louise ins Gesicht.

Eisiges Schweigen senkte sich über Arnebertland.

Dann verließen die Mädchen das Zimmer. Sie wollten raus, weil sie wegen Bert, dem Ekel, kotzen mussten. Damit meinten sie mich. Ich war ein Ekel.

Björna folgte den Mädchen, und Erik wurde von Rut mitgezwungen. Zurück blieben ich und drei Knaben, die mich umbringen wollten. Ich sagte betrübt, dass sie sich Zeit und Mühe sparen könnten. Ich wollte mich nämlich selbst umbringen, weil ich vier heiße Bienen weggefurzt hatte. Arne wollte mich in die Hölle schicken. Er schlug vor, dass sie einen Dämon heraufbeschwören sollten, der Bengt Luvander hieß. Bengt Luvander würde mir den Weg ins brennende Inferno zeigen, als Strafe, weil ich die Weiber verscheucht hatte.

Arne sagte, es sei babyleicht, einen Dämon heraufzubeschwören. Dazu brauchte man bloß etwas Vampirblut, zwei Schafshirne und sechshundert schwarze Katzen. Da gingen alle ins Bett. Ich durfte noch ein Weilchen die Freuden des Erdenlebens genießen. Lang genug, um Erik zurückkommen zu sehen. Erik war Rut losgeworden, das heißt, er war von Björna ausgestochen worden. Björna hatte Rut ins Haar gespuckt und da war sie total hinüber gewesen. Ich fluchte mich in den Schlaf.

Also, eines möchte ich wissen, Mister Gott. Könntest du mich nicht einfach in einen supertollen Typ verwandeln, mit Haaren auf der Brust, braun gebranntem, schönem Gesicht, aufregenden braunen Augen und lockigem Haar! Oder willst du dir einen Spaß mit mir erlauben, mir Haare auf der Nase wachsen lassen, mir ein leichenblasses Gesicht, wässrige graue Augen und fettiges spärliches Haar verpassen?

Wenn das der Fall ist, Mister Herrgott, dann sag mir, warum. Hast du dir vielleicht gedacht, dass ich wie ein Witz, wie eine Schießbudenfigur durchs Leben wandern soll? Ist es meine Aufgabe, für die Freude und Heiterkeit meiner Mitmenschen zu sorgen, selbst aber ach so einsam zu bleiben, ohne Frauenzimmer und körperliche Körper und ohne pimmelbetonte Aktivitäten? Soll ich dies in Zeit und Ewigkeit ertragen? Ich bin ein einsamer Jüngling auf dem Heimweg von einem Schullandheim, wo es von willigen und scharfen Weibern nur so wimmelte. Alle waren sie scharf, nur nicht auf mich.

Mister Gott, könntest du mich bitte in einen Himbeerlolli verwandeln? Dann lege ich mich in einen Süßwarenstand und lasse mich an ein Mädchen verkaufen, das mich zwischen ihren weichen Lippen auffrisst. So kann mein kontaktdurstiger und liebeshungriger Körper wenigstens ein klein wenig Freude erleben, bevor er im Verdauungssystem eines fremden Mädchens dahinschwindet.

Einsam und allein –
bin ein armes Schwein

19. 5.

Undank ist der Welt Lohn.
So geht's, wenn man Freunden helfen will. Ich hasse Erik. Der Grund ist folgender: Ich und Arne wollten etwas Gutes tun und Erik aus seiner Einsamkeit helfen. Wir beschlossen,

für Erik eine Kontaktanzeige aufzugeben. Die Vorarbeit war echt spaßig. Arne und ich hatten uns zu einem kreativen Abend versammelt. Erik-Aid nannten wir den Abend. Arnes erster Vorschlag für den Anzeigentext lautete:

Boy. Steht auf Peitschen, sucht gleich gesinnte Girls für aggressive Gespräche.
Bei eventueller Neigung können wir heiraten und uns wieder scheiden lassen, damit unser Leben richtig schön katastrophal wird.
Antworten erbeten an: Wer zuletzt weint, weint am besten.

Ich fand Arnes Vorschlag ein bisschen abschreckend. Außerdem stimmte der Tonfall der Anzeige nicht mit Eriks Seelenleben überein. Mein erster Vorschlag lautete:

Ängstlicher hübscher Junge mit roten Ohren wünscht freundschaftlichen Umgang mit erträglich hässlichen Mädchen im Alter 13 – 106, auch an älteren interessiert.
Antwort garantiert. Volle Diskretion zugesichert.
Antwort an: Ein Ende der Einsamkeit.

Arne war der Vorschlag zu lasch. Wir stritten und rauften uns ein Weilchen. Nachdem Arne meine Nase blutig geschlagen hatte, schrieb ich rasch einen neuen Vorschlag auf:

Elefantenmensch mit spaßigen Ohren und Miniaturkörper sucht eine knutschlüsterne Frau reiferen Jahrgangs.

Antwort an: Komm und nimm mich.

Arne weigerte sich, auch nur zuzuhören. Er spuckte Folgendes aus:

14-jähriger Poet mit Lebenserfahrung sucht auf die Schnelle ein Weib.
Antwort an: Wenn nicht gleich, dann sofort.

Nach sechzehnstündiger kreativer Qual einigten ich und Arne uns auf Folgendes:

Bin ein kleiner Junge mit fast keiner Lebenserfahrung, der rein technisch in seinen besten Jahren ist, aber praktisch wie ein 75-Jähriger funktioniert. Suche Mädchen, die sich meiner annehmen wollen.
Antwort an: Weine oft.

Wir schickten ein Foto von Erik mit, auf dem seine Nase Frostbeulen und seine Stirn einen allergischen Wollmützenausschlag hatte.
Am nächsten Tag teilten wir Erik die frohe Botschaft mit. Erik brach total zusammen und wollte sofort in einen Schuhladen, um wasserdichte Zementstiefel in der passenden Größe zu bestellen. Er sagte, dass er jetzt öffentlich blamiert ist. Ich sagte, dass er dankbar sein kann, dass wir ihm geholfen haben. Und das ist er jetzt auch, der Stinkstiefel! Heute Morgen hab ich nämlich erfahren, dass Erik von acht hübschen, netten, kurvenreichen und vermutlich sexhungrigen Mädchen Antwort gekriegt hat. Mit zwei Mäd-

chen hat er sich schon verabredet. Dieser kleine Giftzwerg könnte ruhig etwas von seiner Schönheitsernte abgeben. Ich könnte doch wenigstens drei Stück kriegen, den Rest kann er von mir aus behalten.

Jippije – mein Zeh tut weh

25. Mai

HEMAN HUNTERS, die zurzeit heißeste Rockgruppe des Landes, hat einen umjubelten Auftritt hinter sich. Der Jubel brach aus, als wir die Bühne verließen und die Discomusik wieder anfing. Da ist in Arnes Birne irgendwas ausgerastet, er hat dem Discjockey nämlich ganz einfach ein paar Platten zerbrochen. Für diesen Spaß musste er blechen. Jetzt ist er um 1250 Kronen ärmer und eine Ohrfeige reicher. Die Letztere bekam er von seinem Daddy.
Unser Auftritt fand im Jugendhaus statt. Wir hatten uns mit tausendprozentigem Einsatz darauf vorbereitet. Zum Beispiel hatten wir total ausgeflippte Bühnenkleidung besorgt, echt der letzte Schrei … vor fünfzehn Jahren. Erik war mit Abstand der Flotteste von uns. Er hatte einen alten weinroten Samtblazer mit breiten Revers aufgetrieben, dazu trug er einen karierten Schottenrock und Netzstrümpfe. Gleich zu Anfang verwickelte er seine Schlagstöcke in den Rock, was zu einem unfreiwilligen Schlagzeugsolo in der Unterhose führte. Erik schrie vor Schmerz. Nach dem Stück erhielten wir Beifall – das einzige Mal.

Irgendjemand im Publikum rief was von ungewöhnlich gefühlvollem Gesang, und viele verlangten, dass Erik noch mehr Songs zum Besten geben sollte. Unser spezieller Hit «The Holy Strawsack» mit coolem englischem Text wurde von zwei Austauschschülern aus den USA geprüft. Sie sagten, sie hätten kein Wort verstanden, wir sollten lieber schwedisch singen. Nach der Vorstellung las ich den Ausländern den englischen Text vor, damit sie sich die erlesene Lyrik in aller Ruhe zu Gemüte führen konnten.

«You come forward too me and asked: ‹How walks it?› I say I brauch you not. I come without you clear. I can me besorrow one other girl. Yeah. And then you will building klotzes wondern. And I laugh me in the little fist.»

Die Austauschschüler sagten nichts. Sie taumelten davon. Uns fiel auf, dass Arne irgendwie komisch aussah, er schien eine neue Frisur zu haben. Die Wahrheit kam ans Licht, als wir nach dem letzten Stück an die Rampe traten und uns als Dank für den rauschenden Beifall verneigten. Da fiel Arnes neue Frisur auf den Boden. Die neue Frisur war eine Perücke. Unter der Perücke war fast nichts mehr vorhanden. Arne hatte sich in einen Mönch verwandelt. Wir lachten und fragten ihn, warum. Arne erzählte, dass er sich vor dem Auftritt ein cooles Image hätte zulegen wollen. Im Fernsehen hatte er einen Krimi gesehen, in dem war ein Mönch vorgekommen, und der war supercool. Genau so wollte Arne aussehen. Das tat er aber nicht. Sein Schädel erinnerte eher an einen Pullepimmel. Das fand das Publikum auch. Sie riefen Arne auf die Bühne zurück.

«PIMMELBOY! PIMMELBOY!», schrien sie und wollten eine Extravorstellung.

Arne wollte sterben oder auf einen anderen Planeten auswandern. Leider waren die Reisen auf den Jupiter ausverkauft und zum Sterben fehlte ihm der Mut. Also muss er mit seinem dämlichen Schädel weiterleben.

Heute Morgen hat Arne angerufen und mir alle Vorteile des Mönchseins aufgezählt. Keine Kosten mehr für Haarwaschmittel, keine Ausgaben für Haargel, garantiert keine Schuppen und als Dreingabe ein reifes, erwachsenes Erscheinungsbild. Arne schlug vor, HEMAN HUNTERS zu einer Mönchsband zu machen. Wir könnten uns THE MÖNCHIES nennen. Ich lachte und sagte, dass ich mir die Haare bis an die Zehen runterwachsen lasse. Hahaha!

Ich denk ja gar nicht daran, mir den Schädel zu rasieren und Mönch zu werden. Dann hätt ich keine Chancen mehr bei den Weibern. Andererseits habe ich die jetzt auch nicht. Also wär's Wurscht.

> Let's play a song –
> my hair is long

Mittwoch, 27. Mai *(ein erinnerungswürdiges Datum)*

Ich hab ein *date* gehabt. Date ist englisch und bedeutet Verabredung. Eine Verabredung mit einem Mädchen. Nachdem Erik auf die Kontaktanzeige, die Arne und ich aufgegeben hatten, über dreitausend Antworten von scharfen Weibern bekommen hatte, übernahm ich liebenswürdigerweise die Aufgabe, einige dieser Antworten mitsamt den dazugehörigen scharfen Nummern zu adoptieren.

Gestern hatte ich mit einer dieser scharfen Nummern eine Verabredung. Sie heißt Amanda. Auf dem Foto, das sie im Brief mitgeschickt hatte, sah sie supergut aus. In Wirklichkeit war sie superhässlich. Das Mädchen auf dem Foto war ihre Schwester. Ich rümpfte die Nase, als ich Amanda traf. Das tat sie auch. Sie fand mich nämlich superhässlich. Also gingen wir zwei Hässlichen in ein Café, um uns zu unterhalten.

BERT: Hm, also … was läuft denn so?

AMANDA: Also …

BERT: Aha … und was ist denn so gelaufen?

AMANDA: Also …

BERT: Aha … und wie geht's deiner Schwester denn so?

AMANDA: Also …

BERT: Aha … und wie ging's ihr gestern denn so?

AMANDA: Also …

Eine Minute Schweigen.

BERT: Was hältst du von spalierten Vögeln mit Chrysanthemendekor?

AMANDA: Was soll das denn sein?

BERT: Keine Ahnung.

Dann unterbrachen wir unser interessantes Gespräch, weil ein Mädchen ankam. Sie kam mir irgendwie bekannt vor. Das Mädchen war Amandas Schwester – Gabriella. Das Mädchen auf dem Foto. Amanda stellte sie als Gaby vor. «Was?», sagte ich. «Heißt du Baby?»

Gaby kicherte. Ich sah ihre schönen weißen Zähne und wurde verliebt. Das stimmt wirklich. Ich verliebte mich in Gabriella. Ich wollte mich auf den Stuhl stellen und eine Liebesballade singen und sie leicht und flüchtig auf ihre schönen Lippen küssen. Das tat ich aber nicht. Stattdessen steckte ich mir zwei Zuckerwürfel unter die Oberlippe und machte einen Chinesen nach.

«Ich fleue mich liesig, Sie kennen zu lelnen, mein Fläulein. Tsching tschong, Baby.»

Dann wartete ich auf Gelächter. Es kam aber keines. Gabriella guckte mich beleidigt an und fragte, ob ich fände, dass sie zu große Vorderzähne hätte. Ich verschluckte beide Zuckerwürfel beim Einatmen, als ich mich zu entschuldigen versuchte.

Gabriella nahm Platz und trank mit uns Saft. Ich fühlte, dass ich oft und viel in Gabriellas Nähe sein wollte, und ließ meinen geballten Charme spielen, um Gabys Interesse zu wecken. Nachdem ich dreitausendeinemillionsiebenhundertvierzehnmal gekichert und ihr suchende Blicke zugeworfen hatte, begann Gabriella, mich allmählich cool zu finden. Das war ihr deutlich anzumerken. Amanda wurde immer saurer und schließlich warf sie mir einen wütenden Blick zu und sagte:

«Gaby ist dreizehn und geht in die Sechste.»

Ich lachte über den Witz. Dieser hinreißende Lottogewinn war doch nie im Leben ein Kleingemüse aus der Sechsten. Hahaha!

Die Schwestern lachten nicht, sondern musterten mich nur mit müdem Blick. Ich wurde unsicher und hörte auf zu lachen.

«Das … ist doch wohl nicht wahr?»

«Klar ist das wahr», sagte Gabriella. «Na und?»

Ich bekam Schweißausbrüche und Brechreiz, entschuldigte mich und machte mich auf den Heimweg. Unterwegs überlegte ich, ob man es verantworten kann, mit einem Kind zusammen zu sein, wenn man selbst fünfzehn ist. Sollte das nicht möglich sein, muss ich eben mit Amanda verkehren, um so in die Nähe des erdbeerduftenden Sonnenscheins Gabriella zu kommen.

Schnöff, schnöff –

I am in löff

1. Juni *(abends)*

Am Wochenende hab ich was total Verrücktes erlebt. Ich war mit Arne und Erik Babysitter.

Wir hatten uns schon seit Tagen darauf vorbereitet und kindliche Situationen geübt. Wir spielten, dass Erik der Babysitter war. Arne und ich sagten ungefähr hundertmal «Pipi und Kacki, Pipi und Kacki». Schließlich wurde es Erik zu viel, und er sagte, wir sollten mit dem Quatsch aufhören. Wir seien so kindisch, fand er.

«Aber genau das ist doch der Sinn der Sache», sagte Arne erwachsen.

Wir pfefferten zwanzig Minuten lang verschwitzte Socken auf Erik. Dann gingen wir nach Hause.

Babysitten ist keine Kunst. Man braucht bloß fünf Stunden

lang im Intercitytempo ein Spiel nach dem anderen zu spielen und herumzualbern. Der einzige Haken war, dass wir das nicht konnten.

Unsere Opfer waren zwei kleine Jungs. Der eine war anderthalb und der andere vier. Beide stammen vom Fürsten der Finsternis ab, davon bin ich überzeugt. Die gaben nicht mal Ruhe, als eine gute Sendung im Fernsehen kam. Da schrien und tobten sie so extralaut, dass weder Arne noch ich oder Erik hörten, was in dem spannenden Krimi «Schatten eines Fisches» gesagt wurde. Echt rücksichtslos von den Miniknilchen.

Noch was war ziemlich ätzend. Der Kleinere der beiden Rotznasen konnte irre gut schreien. Er schrie vier Stunden und achtundvierzig Minuten lang und kackte sich alle zwanzig Minuten mit klebriger Durchfallkacke voll. Ich hätt schier gekübelt, so eklig war das. Arne ist der Einzige von uns dreien, der Erfahrungen mit kleinen Kindern hat, wegen seiner kleinen Schwester. Darum musste Arne dem Kleinen immer wieder die Windeln wechseln. Erik und ich hatten die Ausrede, dass wir keine Ahnung hatten, wie das ging. Da sagte Arne, dass er uns gerne Unterricht geben würde im Windelwechseln. Erik und ich sagten, es sei unerhört wichtig, dass man so was von Anfang an richtig lernt. Wenn man es falsch lernt, kann man es später nie mehr richtig machen, und das würden unsere zukünftigen Frauen ganz bestimmt nicht schätzen. Die würden Arne an einem Baum aufhängen, wenn er es uns falsch beibringt. Arne wollte lieber nicht riskieren, aufgehängt zu werden, und kümmerte sich brav die ganzen fünf Stunden lang um die Scheiße. Erik und ich mussten uns dem Älteren der beiden widmen, und das war auch nicht einfach. Ich hab den Verdacht, der kleine Pisser hat irgendwo eine Schule für erfolgreiche Terroristen und Nervensägen besucht.

Dieser brutale Vierjährige drohte Erik doch tatsächlich mit Prügel und scheuchte ihn mit dem Messer durch die Wohnung. Erik zitterte vor Angst. Mit einem Vierjährigen kann man sich ja nicht gut in eine Schlägerei einlassen, aber das wär wohl das Einzige gewesen, was Erfolg gehabt hätte.

Weil wir das arme irregeleitete Kind nicht schlagen wollten, begnügten wir uns damit, ihn in sein Zimmer zu pfeffern und die Tür abzusperren. Aber dem kleinen Hosenscheißer gelang es trotzdem, zum Fenster rauszuklettern und in den Gartenschuppen zu schleichen, wo er ein paar alte, abgelegte Kleider von seinem Vater anzog. Dann stellte das Kerlchen sich vor ein Fenster und spielte «Gefährlicher Irrer auf der Jagd nach Mordopfern», ein echt unheimliches Spiel. Er stand einfach da und glotzte uns mit irrem Blick an. Erik machte schier in die Hose vor Angst. Ich muss zugeben, dass es mir auch leicht unheimlich wurde. Arne dagegen fand das alles sehr aufregend und wollte den Irren zum Tee hereinbitten.

Als Arne das vorschlug, wurde Erik ohnmächtig. Ein echter Drückeberger, aber ehrlich! Hat sich vor der Verantwortung gedrückt und ist ohnmächtig geworden, bloß weil ihm die Kinder auf den Keks gingen. Arne und ich bestimmten sofort, dass Erik weniger Babysitterlohn kriegen würde. So ein Faulpelz! Wurde einfach schön gemütlich ohnmächtig, während Arne und ich uns den Hintern aufreißen mussten. «Schäm dich was!», sagten wir zu Erik, als er von seinem Nickerchen aufwachte.

Als Erik die Augen aufschlug, hielten Arne und ich unsere Rüben einen Zentimeter vor Eriks Gesicht. Das Erste, was er in wachem Zustand sah, waren zwei picklige Visagen, die SCHÄM DICH WAS! zu ihm sagten. Da wurde Erik, dieser Faulpelz, schon wieder ohnmächtig.

Nach fünf unerträglich qualvollen Stunden kamen die Eltern der beiden Terroristen wieder nach Hause. Sie brachten den Älteren der beiden mit herein.

«Aha», sagte ich genialerweise. «*Das* war also der irre Mörder vor dem Fenster!»

Da sagte der Knirps, dass er ans Fenster geklopft hatte, weil es draußen so kalt war und weil er reinwollte, aber wir hätten ihn nicht reingelassen. Der kleine Stinker presste sogar ein paar Tränen hervor, um seine Erzählung glaubwürdiger zu machen. Wir glaubten ihm nicht. Aber dafür glaubten seine Eltern ihm. Sie sagten, wir seien die miserabelsten Babysitter, die sie je gehabt hätten, und wollten uns nicht mal bezahlen. Aber da ist Erik der Kragen geplatzt. Er packte den Alten, presste ihn an die Wand und zischte:

«Her mit unsrem sauer verdienten Geld, du alter Saftsack!»

Der Alte bekam einen schweren Schock und gab uns fünfmal so viel Geld wie ausgemacht. Manchmal, nicht oft, aber manchmal ist es gut, dass es Erik gibt. Wenn er einen seiner seltenen hellen Momente hat, ist er ein wunderbares Geschöpf des Lichts. Aber das kommt, wie gesagt, nicht oft vor. Meistens sind sowohl er als auch Arne und ich nur liebe, brave Geschöpfe, meilenweit von irgendwelchem Licht entfernt.

Aber was hilft das. Die Weiber interessieren sich nicht für

liebe, brave Bubis. Die stehen auf Schönheit. Und darum bin ich davon überzeugt, dass wir drei Musketiere in alle Ewigkeit wie Dick, Strick und Kack zusammenhalten werden, bis dass der Tod uns scheidet.

Babysitter – Kackgewitter

7. Juni

Heute hab ich was Wichtiges beschlossen. Als junger, erwachsener Mann kann ich nicht in ein Kind verliebt sein, das in die Sechste geht. Nein, das geht nicht. Heute Nacht bin ich aufgewacht und nach einer lebhaften Diskussion mit mir selbst zu diesem Beschluss gekommen. Mein Denkapparat sagte mir, dass Gaby viel zu jung für die Liebe ist, während mein Pimmelapparat der Meinung war, das sei schnurzegal. Weib ist Weib. Ob sie in die Sechste geht oder in die Achtundvierzigste, das spielt keine Rolle.
Einen gewissen Anteil an meinem Beschluss hat auch mein Freund Arne.
Ich fühlte, dass ich jemand um Rat fragen musste. Also rief ich mitten in der Nacht Arne an und erläuterte ihm mein Problem. Als guter Freund, der er ist, hörte er mir zu. Dann fragte ich ihn, ob er der Meinung sei, dass Gaby zu jung ist.
«Hmmm …? Ja …», sagte Arne, und seine Stimme klang ein klein bisschen müde.
«Danke, dann weiß ich Bescheid», sagte ich und legte auf.
Heute Morgen hab ich Arne angerufen und mich dafür be-

dankt, dass er mir heute Nacht bei meiner schweren Entscheidung geholfen hat. Arne sagte, er hätte keine Ahnung, wovon ich rede. Natürlich hat er das, er wollte es bloß nicht zugeben.

Es ist echt hart, wenn man diejenige nicht lieben darf, die man liebt. Aber so ist es nun mal.

Gaby ist aus meinem Leben verschwunden. Übrig ist bloß eine staubige Erinnerung, die im Laufe der Sommerferien verschwinden wird. In den Sommerferien werd ich eine Menge Weiber kennen lernen und gewisse hoch sensible Experimente ausführen. Mit anderen Worten, ich werd knutschen. Das heißt, wenn es ein weibliches Wesen gibt, das mit mir knutschen will …

Wenn es das nicht gibt, muss ich mir eben ein aufblasbares Playgirl kaufen, mit dem ich Kusstechnik üben kann, dann werden sich die Weiber um mich scharen wie die Bären um den Honig oder wie immer das heißt.

Nun zu einer erfreulicheren Nachricht. Ich fahre im Sommer mit Arne nach Spanien oder vielmehr, meine Familie fährt mit Arnes Familie nach Spanien. Das wird total spaßig. Arne und ich haben vor, die zwei Wochen in Spanien als Don-Juan-Tournee zu gestalten. Wir haben wilde Pläne. Unter anderem wollen wir Erik ins Handgepäck stecken, damit er auch in die Welt hinauskommt und was erlebt. Wir teilten Erik unseren Plan mit. Da verriet er uns, dass er keine Flugreisen verträgt. Wenn er höher als zwanzig Meter kommt, macht er in die Hose. Also muss Erik zu Hause bleiben und mit seinen Ohren als Sommerferiengesellschaft vorlieb nehmen.

Diesen Sommer werd ich mich nicht bloß ausruhen. Ich werd auch studieren. Ich werd Weiber studieren. Ich hab nämlich ein Gerücht gehört. Ein Gerücht, dass in der Neunten alles Aufregende passiert. In der Neunten gibt man sein Debüt, heißt es. Und damit meine ich nicht ein Debüt als Schauspieler oder Pianist oder so.

Nein, damit meine ich ein Debüt als Bettartist!

Hab keine Ahnung davon, wie der weibliche Körper aus der Nähe aussieht. Also muss ich das in diesem Sommer studieren, damit ich gut vorbereitet in die Neunte komme. Ich hab mir vorgenommen, in die Bücherei zu gehen und alles zu lesen, was es über den Körper und die Biologie der Frau gibt. Was mir dann noch an Information fehlt, kann ich mir am Kiosk kaufen und zu Hause unter der Bettdecke studieren.

Bin sicher, dass dies ein unvergesslicher Sommer wird.

So, jetzt muss ich aufhören zu schreiben und einen Studienplan für den Sommer vorbereiten.

Es grüßt Bert Ljung,
Prof. Dr. Dr. w. c. in weibl. Körperkunde

Berts Katastrophen–Bibliothek auf einen Blick

Unzensierte Tagebuch aufzeichnungen aus seinem bewegten Leben. Für die Nachwelt festgehalten von Anders Jacobsson und Sören Olsson.

Oetinger

Françoise Cactus
Abenteuer einer Provinzblume
(20950)
Mitzi singt ihrem Teddybären Schlager vor, erlebt zusammen mit ihrer besten
Freundin Sabine erste
Liebesabenteuer und landet
schließlich in der Berliner
Szene, wo sie Schlagzeugerin
einer Mädchenband wird.
"Ein spritziger Roman in
kurzen Häppchen, die im
Nu verschlungen sind.» *Max*

Zitterparties
(20994)
Marie-Jeanne, frech, ungezähmt und Krimifan, lernt
auf einer Party Elisabeth
kennen, das bravste Mädchen
der Welt. Doch plötzlich stolpert das deutsch-französische Gespann von Verbrechen zu Verbrechen: Jede
Party wird zur Zitterpartie.
Und was eigentlich ist los
mit dem dahinsiechenden
Onkel Marie-Jeannes ...?
Witzig, abgehoben – spannend!

Françoise Cactus – eigentlich van Hove – begann ihre literarische
Karriere im zarten Alter von 12 Jahren, als sie beim Schreibwettbewerb der Sektion Burgund den ersten Platz belegte und
mit einem silbernen Kugelschreiber geehrt wurde. Für ihren
bereits zwei Jahre später erschienenen Roman «Photo-Souvenir» kreierte die begeisterte Kritik das Genre «Lolita-Literatur».
Da aufgrund ihres Studiums ihr Stil seine ursprüngliche Unschuld verloren hatte, siedelte sie nach Berlin um und fand in der
fremden Sprache zu ihrem unbedarft-unverdorbenen Mädchenstil zurück.
Françoise Cactus ist Sängerin und Schlagzeugerin der Band
«Stereo Total».

Weitere Informationen in der Rowohlt Revue oder im Rotfuchs
Schnüffelbuch, kostenlos im Buchhandel, und im Internet:
www.rororo.de

Zoran Drvenkar
Niemand so stark wie wir
(20936)
Berlin, rund um die
Philippistraße: das ist das
Viertel von Zoran und
seiner Clique.
Das großartige Debut eines
jungen Berliner Schriftstellers, geschrieben mit einer
sprachlichen Präzision, die
ihresgleichen sucht.
Ausgezeichnet mit dem
Oldenburger Jugendbuchpreis 1999.

Im Regen stehen
(20990)
Zoran, Adrian, Karim und
die anderen sind zurück.
Diesmal erzählt Zoran von
seinen Wurzeln in der jugoslawischen Heimat, den
ersten Jahren in der kleinen
Berliner Wohnung, den
Streitereien zwischen Mutter
und Vater. Mit der ihm
eigenen Sprache beschreibt
Drvenkar diese ereignisreichen Jahre. Wie sein Debüt
«ein packender Roman». *SZ*

Der Bruder
(20958)
Toni ist dreizehn, hat viele
Freunde, ist in zwei Mädchen
verliebt und träumt davon DJ
zu werden. Eigentlich hätte
Toni keinen Grund, sich zu
beschweren, wäre da nicht sein
älterer Bruder. Ein Bekloppter,
der faule Dinger dreht, sagten
seine Eltern, als sie ihn rauswarfen und er aus Tonis Leben verschwand...

Weitere Informationen in der Rowohlt Revue oder im Rotfuchs
Schnüffelbuch, kostenlos im Buchhandel, und im Internet:
www.rororo.de

Franziska Biermann
Das Glücksbuch
(20949)
Glück – das möchte jeder haben! Doch was ist Glück
eigentlich? Wo trifft man es? Wie geht man damit um?
Und wie hält man es fest? Franziska Biermann beantwortet
diese gewichtigen Fragen mit vielen «Tipps + Tricks».
Und da Kreativität bekanntlich glücklich macht, kommen
auch Maler und Schnippler nicht zu kurz …

«Eigentlich ist das Buch selbst schon ein Glück, so anarchisch
und wohltuend kommt es daher. Die Anekdoten geben einem
schön zu denken, dem Griesgram genauso wie dem immer
rundum Seligen. Mit wenigen Tipps wird man hier glücklich.
Nehmen Sie eine Flugstunde für Glücksschweine, damit es
nicht wieder bloß an Ihnen vorüberrast.» *TZ, München*

Rotfuchs

ANTJE VON STEMM

FRÄULEIN POP UND MRS. UP

UND IHRE GROSSE REISE DURCHS PAPIERLAND

EIN POP-UP-BUCH
ZUM SELBERBASTELN

ro
ro
ro

Antje von Stemm
Fräulein Pop und Mrs. Up *und ihre große Reise durchs*
Papierland
Ein Pop-up-Buch zum Selberbasteln
(20963)
«Ach bitte, bitte schneide mich aus», flüstert Fräulein Pop
der Schere zu, und SCHNIPP-SCHNAPP-PAPPE-LA-PAPP springt
sie als Klappfigur aus dem Buch. Mit ihrer Freundin Mrs. Up
geht es auf Reisen in die Papierwelt.
Der Clou: Befolgt der Leser die leicht verständlichen Bastel-
anweisungen, besitzt er am Ende ein voll funktionsfähiges
Pop-up-Buch. Frech, witzig, dreidimensional!

Antje von Stemm ist die einzige in Deutschland lebende
«Papieringenieurin». Nach zahlreichen in den USA veröffent-
lichten Pop-up-Büchern ist dies ihre erste Veröffentlichung
hierzulande.